O coração dos heróis

O coração dos heróis

David Malouf

Tradução

Paulo Polzonoff

LeYa

Título original: *Ransom*

Diretor editorial: Pascoal Soto
Editora: Mariana Rolier
Produção editorial: Sonnini Ruiz
Marketing: Léo Harrison

Preparação de texto: Luiz Carlos Cardoso
Revisão: Márcia Duarte e Henrique Zanardi
Ilustração: Eduardo Borges
Diagramação: Página Escrita
Capa: Retina 78

DADOS INTERNACIONAIS DE CATALOGAÇÃO NA PUBLICAÇÃO (CIP-BRASIL)
(Câmara Brasileira do Livro, SP, Brasil)

Malouf, David
O coração dos heróis / David Malouf; tradução: Paulo Polzonoff. - São Paulo: Leya, 2011

Tradução de: Ransom
ISBN 987-85-8044-292-2

1. Ficção australiana. I. Título.

11-09666 CDD-823

Índice para catálogo sistemático:
1. Ficção australiana 823

Texto Editores Ltda.
Uma editora do Grupo LeYa
Rua Desembargador Paulo Passaláqua, 86
01248-010 – Pacaembu – São Paulo - SP

www.leya.com

I

O mar tem muitas vozes. A voz pela qual este homem procura é a da sua mãe. Ele ergue a cabeça, vira o rosto para o vento gelado que sopra pelo golfo e sente o sabor áspero do sal nos lábios. A superfície do mar se avoluma e reluz, um azul prateado lustroso – uma membrana que se estende fina e transparente onde certa vez, durante nove luas, ele esteve pendurado, todo encolhido, num sonho de preexistência que era movimentado e confortável. Ele se agacha agora nas madeiras paralelas da beirada, prende o capote entre as coxas. De cabeça baixa e com os ombros recuados, atento.

O golfo pode ser perigoso às vezes, gritando tão alto na mente de um homem que é como estar imóvel em meio a uma batalha. Mas hoje, à luz do alvorecer, parece um lago grande e tranquilo. Ondinhas deslizam até as suas sandálias e depois recuam, as águas ruidosas, enquanto os seixos lisos se desprendem e saem rolando.

O homem é um guerreiro, mas quando não está no campo de batalha é um fazendeiro; seu elemento é a terra. Certo dia, ele sabe, terá de voltar. Todas as partes que se juntaram milagrosamente no seu nascimento para gerar estas mãos, estes pés, os braços musculosos, vão separar-se e seguir seu próprio caminho novamente. Ele é um filho da Terra. Mas a vida toda passou imerso nesta outra natureza, no elemento da mãe. Que, em todas as suas diversas formas, oceano, lago, riacho, é imutável e insubstancial. Que aceita, num momento de imobilidade, o reflexo de um rosto, as folhas de uma árvore, sem conter nada, e que por si próprio não pode ser contido.

Quando criança, ele dera vários nomes para o mar. Ele os repetia vezes sem fim, num sussurro, como um modo de chamá-la até que as sílabas se iluminassem e se transformassem numa presença. No luar tremeluzente do seu quarto de dormir, ao meio-dia no jardim do pai, entre os bosques de carvalho, no verão, quando os ventos intimidadores da tarde sopravam com toda a força, ele se sentia suspenso e ternamente envolvido, como se a voz baixinha dela lhe sussurrasse algo na pele. Você me ouve, Aquiles? Sou eu, ainda estou com você. Durante algum tempo posso ficar com você, quando você me chamar.

Ele tinha cinco ou seis anos. Ela era seu maior segredo. Ele flutuava nos longos cachos macios dos seus cabelos.

Mas desde o princípio ela o alertara que nem sempre poderia estar ao seu lado. Ela o havia abandonado. Essa era a pior coisa do seu ser e de toda a relação deles. Certo dia, quando ele pôs os pés na terra firme, soube no mesmo instante que aquilo era algo completamente diferente. Um talento que ele considerava natural em si mesmo, saber lidar com aquela personalidade dupla que lhe permitira, em certo momento, escapar da sua dura infância e se tornar fluido e sem peso, uma enguia sem substância nos braços da mãe, esse talento lhe fora tirado. De agora em diante ela seria nada além de um eco distante e quase inaudível, um murmúrio debaixo da água.

Ele sofrera. Mas em silêncio, sem jamais se permitir a demonstração aos outros do que sentia.

Em algum lugar, nas profundezas do sono, seu espírito fizera a travessia e não retornara, ou fora aprisionado e transformado. Ao se abaixar e escolher um seixo para seu estilingue, a pedra tinha outro peso em sua mão, e a tira de couro tinha uma tensão diferente. Ele era o filho do seu pai e um mortal. Entrara para o mundo violento dos homens, onde os atos de uma pessoa a seguem para onde quer que ela vá, na forma de história. Um mundo de dor, perdas, dependência, arroubos de violência e de alegria; ou de fatalidade e contradições fatais, saltos assustadores no desconhecido; por fim, a morte – a morte de um herói lá sob o brilho do sol e os olhares dos deuses e homens, para a qual um ser forte tinha de ter um corpo também forte, diariamente exercitado e preparado.

Um brilho lhe toca a fronte. Ao longe, onde o golfo se aprofunda, ondinhas se reúnem e se quebram e novas ondas as substituem; e isso, até mesmo enquanto ele observa, repete-se e se repetirá eternamente, esteja ele ali ou não para observar: isso é o que ele vê. No grande panorama do tempo, ele talvez já tenha desaparecido. É para o tempo, e não para o espaço, que ele está olhando.

Por nove anos, inverno e verão, eles ficaram presos aqui na praia, toda a multidão, gregos de todos os clãs e reinos, de Argos e Esparta e Beócia, de Eubeia, Creta, Ítaca, Cós e outras ilhas, ou, como ele mesmo e seus homens, seus mirmidões, de Ftia. Dias, anos, estação após estação; uma rotina interminável de manter as armas em bom estado e seu corpo preparado como uma corda de arco, por meio de longos períodos de ociosidade, de impaciência, de espera paciente, e brigas constrangedoras e alardes e conversas nada masculinas.

Uma vida assim é a morte para o espírito guerreiro. Que, se deve suportar os mais difíceis desafios, precisa de ação – o confronto das armas que acabam rapidamente com os brilhos e depois devolvem os homens, de espírito renovado, para que sejam bons fazendeiros de novo.

A guerra deveria ser praticada rápida e decisivamente. No máximo em trinta dias, nas semanas entre a germinação da primavera e a colheita, quando o grão está sequíssimo e pronto para a lâmina de quem o colhe, depois de volta para o ritmo pacato da vida camponesa. Para marcar os dias e o que acontece; para semear e arar e colher o grão. Para pisar com as sandálias gastas nos campos marcados pelo sol, todo seco e com o cheiro amendoado do vento sob os pés. Para se sentar numa sombra dividindo as poucas novidades e ouvir, enquanto as moscas zumbem e o suor jorra das axilas, as intermináveis disputas – a administração da justiça no campo. Para colher olivas e observar, durante meses, o inchaço da égua prenha ou o nascimento do primeiro varão negro entre os brancos. Para notar quanto cresceu o filho desde a marca do último ano na ombreira da porta.

Nestes noves anos, seu próprio filho, Neoptólemo, lá longe na casa do avô, cresceu sem a presença do pai. Dias, semanas, estações após estações.

O sol está subindo. Ele fica na ponta dos pés. Levanta-se uma última vez, envolto em suas reflexões; a mente, mesmo num estado passivo, é a parte mais ativa dele. Depois, de cabeça baixa, o manto cobrindo-o todo, ele começa a voltar pela praia íngreme rumo ao acampamento.

Ouve-se uma cantoria no ar, tão fina que devem ser os espíritos. É o barulho dos cordames dos navios que balançam no ancoradouro, recém-chegados ou formando uma confusão de mastros ao longo do cais. Há mais de mil embarcações. Os mastros contra o céu branco são como uma floresta mágica. Depois de tantos meses ancorados, os cascos estão brancos como ossos. Eles se enfileiram de costas para o acampamento, criando uma muralha que os protege do lado do mar.

Ele corre agora, está frio fora do sol. Caminhando desengonçadamente na encosta da praia, ele parece um bêbado. As sandálias deslizam nas pedras, algumas são grandes e lisas como ovos de pata. Entre elas, algas douradas ainda úmidas da maré.

Ao deixar para trás o último navio da fileira, ele para e olha demoradamente na direção do golfo. O mar, em chamas, estende-se até o horizonte. Aparentemente tão sólido e sem profundidade, tão sedutor como um lugar para onde se ir que um homem talvez se sinta tentado a virar bruscamente e tentar caminhar sobre as águas, e só quando o mar se abrir e o engolir, o homem descobrirá que foi enganado por uma ilusão da natureza.

Mas o mar não é onde isso tudo terminará. Tudo acabará aqui, na praia de pedregulhos traiçoeiros, ou mais ao longe, na planície. Isso é certo e inevitável. Com a resignação pura do velho que jamais será, ele aceitou isso.

Mas, em outra parte de si mesmo, o jovem que ele ainda é resiste, e é a ira contida dessa resistência que o leva a caminhar até o litoral todas as manhãs. Não exatamente sozinho. Com seus fantasmas.

Pátroclo, seu melhor amigo e companheiro de infância.

Heitor, inimigo implacável.

Pátroclo simplesmente aparecera numa tarde na corte do seu pai, um menino três anos mais velho do que ele e quase uma cabeça mais alto. Queixo fino, intenso, mãos e pés já desproporcionalmente grandes, membros do homem que ele se tornaria.

Aquiles estava caçando numa das ravinas além dos limites do palácio. Ele matara uma lebre. Gritos de triunfo o precediam, ele subira empolgado as escadas até o pátio interno para mostrar ao pai o que havia caçado.

Dez anos. Cabelos longos, magro, musculoso, queimado pelo sol de Ftia. Semi-indomado. Sua alma ainda não havia se estabelecido nele.

Peleu ficou furioso com a intrusão. Virou-se para repreender o menino, mas se conteve ao ver o que era aquela algazarra. Fez um gesto para Aquiles parar. Depois, exibindo as palmas das mãos num gesto de desamparo – você entende isso, eu também sou um pai extremoso –, pediu desculpas ao convidado, Monoécio, rei de Opus, pela indelicadeza inesperada.

Aquiles, ofegante devido à corrida pelos campos, recompôs-se para ser paciente. Lentamente, a princípio, sem ter a menor ideia do que tudo isso um dia significaria para ele, presumindo ainda que as atenções estivessem voltadas para a trilha de sangue derramado pela lebre que segurava com uma das mãos, apoiava-se num pé e no outro à espera de que os negócios com os visitantes estivessem concluídos para receber a atenção do pai.

A história que Monoécio tinha para contar era apavorante.

O menino com mãos e pés enormes era seu filho, Pátroclo. Dez dias antes, numa disputa em jogo de meninos, ele golpeara e matara um de seus companheiros, menino de apenas dez anos, filho de Anfidamas, alto oficial da corte real. Monoécio estava trazendo o menino para Ftia como um pária a pedir asilo.

Numa voz surda, de quem se perguntava como era possível que tantas vidas se perdessem ou fossem corrompidas devido a um instante, o homem triste lhes contou daquela manhã fatal.

Os dois jogadores, ferozmente envolvidos na rivalidade da partida, encolhidos na sombra de uma coluna e rindo. Zombando um do outro como os meninos fazem. Os olhos fixos acompanhando os punhos um do outro à medida que se levantavam, sem mais nada no que prestarem atenção.

Por muito tempo eles mantiveram os açoites no alto, no auge da luta; como se, na narrativa grave do pai, eles aqui estivessem permitindo que se abrisse uma lacuna na qual um ente maior pudesse intervir e, com a indiferença soberana dos que têm poder infinito sobre o mundo das coincidências e acasos, impedir o que estava prestes a ocorrer. O silêncio confundiu um pouco. Até mesmo as cigarras interromperam seu cantar agudo.

O menino cujo destino é mantido suspenso aqui está com os lábios abertos, mas não parece sequer respirar; perdido, como todos, numa história que talvez ele esteja ouvindo pela primeira vez e que ainda não foi concluída.

Aquiles também permanece enfeitiçado. Como um sonâmbulo que deparou com o sonho de outra pessoa, ele percebe o que está prestes a acontecer, mas não é capaz nem de se mexer nem de gritar para evitar. Seu braço direito pesa tanto (ele havia se esquecido da lebre), que talvez jamais consiga levantá-lo novamente. O golpe está prestes a ser dado.

Pátroclo empina o nariz, as sobrancelhas finas arqueadas em expectativa, um pouco de suor refletindo a luz nos lábios, e pela primeira vez Aquiles o olha nos olhos. Pátroclo olha para ele. O golpe faz estalar os ossos. E o menino, com os olhos claros ainda fixos nos de Aquiles, aceita. Com um ligeiro menear de ombros, estufando quase imperceptivelmente o ar.

Aquiles está assombrado, como se o golpe tivesse sido desferido nele mesmo. Vira-se rapidamente para o pai, de cujas palavras ainda depende tanto.

Mas não é preciso acrescentar sua própria desimportância ao pedido de súplica. Peleu também está comovido diante do espetáculo daquele menino com a marca de um pária sobre si, o selo de um assassino que permanece na espera, numa espécie de terra de ninguém, para ser readmitido na presença dos homens.

Então tudo foi acordado. Pátroclo seria seu irmão adotivo, e o mundo para Aquiles rearranjou-se ao redor de um novo centro. Seu verdadeiro espírito deu um salto à frente e se declarou. Era como se o tempo todo ele tivesse precisado deste outro antes de se tornar o que era completamente. Desse momento em diante ele não pôde conceber mais nada na vida que não recebesse a aprovação de Pátroclo ou que por ele não fosse compartilhado.

Mas as coisas nem sempre foram simples entre eles. Havia momentos em que era difícil se aproximar de Pátroclo, sensível demais ao fato de que, apesar de toda a afeição fraterna de Aquiles, ele próprio aqui era um cortesão, um servo. Ele não se humilharia, com aquele orgulho todo e uma mágoa que não se curaria facilmente. O que Aquiles mais tarde viu naquele olhar sombrio foi a mesma coisa que o atingiu tão violentamente no primeiro olhar que trocaram – o olhar assombrado que capturara sua alma antes mesmo que ele soubesse que tinha uma – e ouviria novamente, como se a lembrança fosse sua, o que Pátroclo estava ouvindo: o som dos ossos batendo uns nos outros quando duas vidas colidiam e se alteravam para sempre.

Não, Aquiles disse a si mesmo, não duas vidas, três. Porque agora, quando Pátroclo revivia aquele momento, ele também estava presente. A respiração presa, estupefato, o espírito contido demais para se mexer, ele parecia estar num sonho enquanto o outro – o filho de Anfidamas –, cujo rosto ele jamais vira, fosse acidentalmente deixado de lado para abrir caminho ao seu.

Ele pensava muito naquele menino. Eles eram amigos. Mas de um modo mais sombrio, uma oferenda aos espíritos. Era diferente, mas foi graças aos mesmos intermediários e no mesmo momento que ele se tornou amigo de Pátroclo.

O fim, quando aconteceu, foi abrupto, ainda que não totalmente acidental.

Passadas várias semanas de trégua, a guerra foi retomada com uma nova ferocidade, primeiro em batalhas isoladas; depois, ficou claro que não havia divisão entre os gregos e que Aquiles, o mais formidável deles, havia recuado suas forças, num movimento geral. Heitor, matando sem distinção, lançara-se contra as muralhas do acampamento, abrira caminho à força até as embarcações gregas. A causa grega se tornou um desespero.

Pátroclo também se desesperou. Mantendo-se longe da luta por causa da investida de Aquiles com os generais, ele ia de um canto a outro do acampamento, ouvindo notícias sobre a morte de um homem, de outro que estava ferido, todos companheiros queridos. Ele não disse nada, mas seu coração puro estava arrasado, Aquiles percebeu, entre a afeição antiga e profunda de um pelo outro, que até então estivera acima de qualquer dúvida, e uma espécie de incerteza ou até mesmo de vergonha. Ele vê minha indiferença para com o destino destes gregos como uma mácula na minha honra, disse Aquiles a si mesmo.

Ele conhecia cada movimento da alma de Pátroclo – e como não poderia ver, depois de tanto tempo? –, mas não se permitiria influenciar por isso.

Por fim, Pátroclo apareceu na tenda e se sentou, irritado, em silêncio e de cara feia, num banquinho perto da entrada, um lugar em que a sua presença não podia ser ignorada. Lá, ele esperou.

Aquiles, ressentido por estar sendo julgado, mesmo que em silêncio, e chamado a prestar contas de seus movimentos, continuou sem se ocupar de nada. Cada momento de desunião deles era um tormento para Aquiles. Sua questão com Agamenon era diferente, seu orgulho fora ferido. Será que ele teria de falar daquilo novamente? Agamenon, porque era vil e belicoso por natureza, ou porque desde muito invejava a influência que o jovem tinha sobre os outros, insultara-o abertamente.

Os generais o presentearam com um despojo de guerra, a escrava Briseis, e, no tempo em que ficaram juntos, Aquiles afeiçoou-se a ela. Depois que o espólio de Agamenon, a cativa Criseida, foi resgatado e devolvido a Troia, o grande comandante reclamara Briseis para si, a seu modo autoritário. Aquiles se recusara, claro, e não delicadamente. Furioso com a recusa, Agamenon rugira, praguejara e o repreendera severamente. Perdendo também a calma e quase não conseguindo se conter, Aquiles saíra da assembleia, recolhera-se a sua tenda, furtara-se a qualquer contato e retirara suas tropas das linhas de batalha.

Se os generais gregos estavam sofrendo agora, só podiam culpar a si mesmos por isso. Aquiles e todos os seus seguidores, incluindo Pátroclo, seu pai Peleu e sua terra natal Ftia, foram vítimas de uma apavorante afronta.

Claro que ele sabia muito bem o que Pátroclo pretendia com a sua presença, e por um tempo a suportou; mas, como não estava acostumado, no caso de Pátroclo, a esconder o que sentia, Aquiles deixou evidente enfim a decepção que sentia.

– Se tudo isso o incomoda tanto, Pátroclo – disse –, vá e salve os gregos.

– Vou, desde que o grande Aquiles não vá – respondeu Pátroclo. E, com as mãos na espada, pôs-se em pé. Havia lágrimas em seus olhos.

Então eles ficaram imóveis e assoberbados pelo que haviam dito. Aquiles tremia; tinha orgulho demais para admitir, até mesmo para aquele homem que era, em parte, ele próprio, que talvez estivesse enganado, com o coração abatido. Qual fora a última vez em que discutiram assim, ele e Pátroclo? Qual fora a última vez em que ele vira Pátroclo chorar? As lágrimas, Aquiles sabia, eram por ele, sentia seu calor na própria garganta. Até mesmo pelo rompimento amargurado deles.

– Pátroclo – sussurrou Aquiles, virando-se.

– Aquiles, deixe-me ir – implorou Pátroclo, ele também sussurrando agora, ainda que não houvesse mais ninguém perto. – Deixe-me ir e levar os mirmidões comigo. Empreste-me a sua armadura. Quando os troianos virem seu capacete e seu escudo, pensarão que Aquiles voltou ao campo de batalha, recuarão e darão aos nossos aliados espaço para se recuperarem. Aquiles, eu lhe imploro.

Cheio de temor, mas sugado de todo o ardor, Aquiles se percebeu concordando. Quando Pátroclo, depois de vários dias de tensão e num arroubo de reconciliação alegre, jogou-se ao peito de Aquiles, este se convenceu por um instante de que tudo poderia acontecer como Pátroclo sugerira e de que tudo se reverteria e ficaria bem. E quando Pátroclo, com a armadura, mas ainda sem o capacete, pensando novamente que aquela armadura não era a sua, ficou imóvel e sorriu para Aquiles, este também teve de rir, ainda que a sensação que captou do frescor reluzente do amigo, a segurança e o bom humor do guerreiro armado para a batalha não tenham durado muito tempo.

Sozinho na tenda novamente, febril, ensimesmado e com o peso de uma noite insone sobre si, Aquiles ouviu um grito emergir por sobre os gregos em formação: seu nome – "Aquiles" – e depois o eco das linhas troianas, um murmúrio oco como o vento que ganha força.

Sentindo-se ele próprio vazio, como se o peito volumoso e os membros não tivessem substância, Aquiles teve de se levantar e, cambaleando um pouco, saiu da tenda para observar por si mesmo o que estava acontecendo.

Lá fora, na planície reluzente, um homem vestido como ele e andando como ele andava, resplandecente em sua couraça, peitoril e grevas e segurando no alto seu escudo cheio de ornamentos, destacava-se sozinho entre os soldados. Quando os gregos gritaram seu nome pela segunda vez, o homem se virou, agradecendo à exaltação. Seu braço direito levantou-se e ergueu no alto o escudo brilhante.

Houve um fervor, um estrondo de respirações roucas e do choque das peças de metal. Espadas, cabeças, ombros por todos os lugares.

– Pátroclo! – Ele gritara, mas em silêncio, o grito abafado nos recantos remotos do seu crânio, encurralado pelo barulho estridente do bronze contra o bronze, quando o capacete com crinas de cavalo e pluma de comando – *seu* capacete, que todos os homens de Troia e da Grécia reconheciam como seu e o conheciam por esses trajes –, com um golpe repentino, vindo de lugar nenhum (os deuses novamente, a segunda investida deles!), foi-lhe arrancado da cabeça e Pátroclo, boquiaberto de espanto, recuou, cambaleou e caiu.

Ele chorara por Pátroclo. Chorara sem vergonha. Sentado no chão com as pernas cruzadas, balançando para a frente e para trás na sua angústia, jogando punhados de terra sobre a própria cabeça.

Dois dias depois, com a mesma aparência que tinha em vida, o fantasma de Pátroclo viera até onde ele dormia separado dos demais, encolhido como uma criança na praia aberta de seixos arredondados que tinham o cheiro da sua mãe, de algas semiúmidas. Por sobre o murmúrio das ondas, Pátroclo lhe implorara com sua antiga voz, carinhosamente, que Aquiles parasse de sofrer tanto por ele, que enterrasse seu corpo com todas as cerimônias adequadas, mas rápido, e que finalmente deixasse seu espírito partir e seguir seu curso entre os mortos; e, daquela noite em diante, Pátroclo, por todas as noites insones que Aquiles passara na esteira de palha, observando e esperando – apesar de se conter para não chamar seu nome –, nunca mais voltara.

Seus ossos agora, os doze maiores ossos, o crânio queimado e mais um punhado de lascas recuperadas das cinzas da pira funerária, estão numa urna com uma enorme boca no túmulo que Aquiles mandou construir em memória do querido amigo. A seu tempo, ele próprio a esses se juntará.

– Só mais um pouco, Pátroclo – ele sussurra. – Pode me ouvir? Falta pouco, agora. Pouco.

Mas primeiro ele tinha de lidar com o assassino de Pátroclo, num último enfrentamento, sob as muralhas de Troia

A armadura que Heitor usava era a que havia tirado do corpo de Pátroclo, a mesma armadura de Aquiles, que vestia agora para zombar dele: o capacete com sua crina de cavalo e plumas, a proteção de bronze que pendia dos ombros, as grevas com seus fechos prateados no joelho e no tornozelo.

Enfrentar um inimigo tão protegido, de perto, espada contra espada ao fim de um confronto de uma hora, esquivando-se de um lado e do outro para se antecipar a um golpe ou para evitar as investidas do oponente, explorando, como Aquiles sabia por instinto, o único lugar desprotegido no corselete – na garganta, onde a clavícula se prende à carne macia do pescoço –, era como tentar derrotar ou sobrepujar sua própria sombra, e tentando superar, além de Heitor, a si mesmo. E a morte de Heitor, quando aconteceu, com *sua* armadura, foi como observar a reencenação de uma fantasia por ele mesmo escrita.

Aquiles cambaleou e hesitou, encontrou o lugar e, de cara feia, mas sorrindo secretamente, arremessou a pesada arma dentro da abertura.

Heitor, com os olhos arregalados de descrença, deixou cair sua espada, estendeu a mão e segurou Aquiles pelo pulso. Com o suor quente pingando da fronte, todos os músculos da testa tensos num último gesto de desafio, ele olhou fixamente para Aquiles.

Aquiles urrou e empurrou mais um pouco a espada. Todo o peso do seu corpo foi apoiado nesse derradeiro golpe. Ele próprio sem peso. Toda a força da sua presença bruta transferida agora para a lâmina por ele impelida. Houve um momento prolongado de imobilidade no qual os dois ficaram unidos, Aquiles e Heitor, por três palmos de bronze temperado.

Ajoelhado no chão, Heitor levantou os olhos para Aquiles, ainda segurando-o pelo pulso. E apesar do ferimento mortal que recebera, num espírito intocado pelo velho rancor, com uma preocupação quase fraternal, ele falou com Aquiles usando o que restava de seu fôlego; como homens, os dois, para os quais esse momento era sagrado; um encontro que desde o início fora o objetivo claro da vida de ambos e a realização final do que eram. De homem para homem, mas impessoalmente. Foi assim que Aquiles, aproximando-se, sentiu um tremor atravessar seu corpo ao reconhecer o momento exato em que Heitor deixou de respirar, e o que substituiu seu fôlego foi a voz de um deus.

– Você não viverá muito mais do que eu, Aquiles – sussurrou a voz. Depois. – Agora restam poucos dias nos quais você caminhará sobre a Terra. Em que você comerá e conversará com seus companheiros e gozará dos prazeres das mulheres. Na casa do seu pai, lá em Ftia, eles já estão preparando o seu funeral.

Aquiles, inclinando-se sobre a sua espada para captar o último suspiro de Heitor, sentiu o corpanzil do inimigo balançar e vacilar. Deixou-o cair com seu próprio peso, o sangue jorrando da ferida aberta na carne macia entre o pescoço e a clavícula, livrando-se da lâmina e rolando lentamente de costas.

Aquiles também vacilou por um instante. Sentiu sua alma mudar de cor. O sangue foi todo para os pés e, ainda que continuasse de pé e triunfante sob o sol, seu espírito mergulhou e se aproximou dos limites de uma região desconhecida. Num piscar de olhos, ele hesitou e depois seguiu em frente.

Quanto tempo passou naquele reino sombrio, nunca saberia. Foi outro homem, mais obstinado, que encontrou o caminho de volta; ele permaneceu imóvel, impassível, enquanto seu exército de mirmidões se reunia em torno do cadáver de Heitor e lhe tirava toda a armadura – couraça, corselete, grevas – até que restasse apenas a túnica curta, agora manchada de suor e rasgada e ensopada de sangue, que era o próprio sangue de Heitor. Depois ele ficou observando novamente enquanto cada soldado, sem entusiasmo, mas também sem pena, enfiava sua espada na carne desprotegida de Heitor; a cada golpe, gritavam seu nome, para que todos os que estavam observando das muralhas de Troia ouvissem e para que Heitor também, onde quer que estivesse na sua queda no subterrâneo, ouvisse e olhasse para trás, sofrendo.

Aquiles apenas olhava. Ele próprio como um homem morto. Nada sentindo.

Quando terminaram e se afastaram, ele abriu caminho e se aproximou do corpo. Ficou olhando o cadáver. Depois, puxando uma faca do cinto, abaixou-se apoiado num só joelho e, lentamente, como se sempre soubesse que isso era algo que teria de fazer, extirpou, um a um, os tendões dos pés de Heitor.

Seus homens ficaram assistindo. Não tinham ideia do que ele pretendia.

Tirando da cintura uma faixa de couro, ele ergueu os pés do inimigo e os amarrou; com a tira presa à cintura, arrastou o corpo até a sua carruagem. Passou a tira de couro uma, duas, três vezes ao redor do eixo e deu um puxão no nó para ver se aguentaria. Depois, como um homem que obedecesse às ordens de outra entidade mais sombria, subiu na plataforma, limpou as gotas de suor que se acumulavam ao redor dos olhos, tocou de leve os cavalos com os arreios e saiu na direção da planície, virando-se de vez em quando para observar o corpo, a cabeça e os ombros de Heitor que balançavam sobre o solo seco e irregular, formando atrás dele um arco.

Eles avançavam lentamente. Os cavalos, excitados por sua presença e pela promessa de atividade, sacudiam a cabeça.

Inclinando-se para a frente, Aquiles sussurrou para os cavalos sílabas obscuras de magia equina, depois soltou as rédeas.

Atrás, o corpo de Heitor, com os cabelos já acinzentados pela terra, saltitava e o acompanhava, o quadril e as omoplatas das costas largas batendo pesadamente nas pedras afiadas e nos sulcos da estrada, enquanto, ao ganhar cada vez mais velocidade, as rodas da carruagem voavam e depois caíam no chão novamente, lançando pedregulhos por todos os lados. Mais e mais rápido ele correu pelas muralhas de Troia, os cabelos soltos esvoaçando, gotas de suor caindo-lhe da testa, enquanto o cadáver de Heitor, descarnado agora da cabeça aos pés e recoberto de poeira, ricocheteava, e Príamo, pai de Heitor, e sua mãe Hécuba, e sua esposa Andrômaca, com seu filho Astíanax no colo e os irmãos, irmãs e cunhados de Heitor, e todas as pessoas comuns de Troia, que correram para todos os mirantes das muralhas, observavam.

Ainda assim, Aquiles não sentia nada. Somente a tensão dos músculos na fronte, em todas as veias que estavam inchadas e espessas, e também nos dedos dos pés, que se agarravam à plataforma da carruagem. Só o murmúrio do vento e seu toque abrasador, como se o envolvesse e passasse por ele.

Aquiles esperava que uma fúria tomasse conta dele e que fosse igual ao insulto que estava proferindo. Isso abrandaria sua dor e seria tão convincente para as testemunhas daquele espetáculo bárbaro que ele também talvez acreditasse que era um ser vivo no meio de tudo aquilo, um homem.

Com o sol agora a pino, o rosto tenso e a pele açoitada pelo vento e rígida por causa do sal, o sal nos lábios secos quando os umedecia, Aquiles chegou aos limites do acampamento.

O lugar estava todo agitado, o dia havia começado. Ao longe, o mugido do gado, o balido dos carneiros amontoados no curral. Na imobilidade de algum lugar, o golpe de um machado.

Mas o sol ainda não havia alcançado o acampamento. A geada ainda esbranquiçava a base dos pinheiros que formavam as estacas da muralha. Pequenas fogueiras queimavam, a maioria delas agora apenas brasas, lançando sinais finos de fumaça. Os guardas que se agachavam ao lado do fogo ou que faziam a vigilância de um lado para o outro, remexendo em suas armas no frio da manhã, estavam despertos, mas com os olhos marcados pelo sono no final do turno.

São homens da sua pátria, simples e seguros em sua natureza animalesca, despreocupados com raciocínios. Seus membros fortes e os traços rudes, como os do próprio Aquiles, resultam de escalar as acidentadas terras altas no verão, quando falcões pendem em saliências no alto dos picos de granito, cercados por um calor espesso que aprisiona todo o ar com uma intensidade feroz, e que no inverno se transformam em trechos de gelo. Seus pais são camponeses que cultivam trigo no solo fundo dos planaltos e uvas pequenas e doces nas escarpas mais altas; mantêm rebanhos de animais com chifres enormes e ovelhas cujo leite é transformado em queijos que as mulheres fazem. Em suas línguas, assim como na dele, o dialeto áspero do norte do país, cheio de insultos que também são termos de afeto às avessas. As piadas de humor negro e as rimas são a prova, em suas bocas, de uma ligação deles ainda mais antiga que os juramentos feitos.

Eles têm mente de falcão, estes homens, de raposa e de lobo que vêm à noite aos campos nevados e são perseguidos e caçados. Eles o adoram. Aquiles há muito tempo conquistou seu amor. É um amor incondicional.

Mas, quando eles olham para Aquiles ultimamente, o que veem os deixa confusos. Já não sabem sob qual autoridade estão. Aquiles é o líder, mas quebra diariamente todas as regras que eles achavam ainda estarem valendo. A única explicação que têm para isso é que Aquiles enlouqueceu. Ou que algum deus enlouquecido obscureceu sua mente e se move agora como um estranho oposto dentro dele, ocupando o lugar em que a razão e as normas deveriam estar, e o sono e a honra dos outros homens e deuses.

Ele passa por seus homens e segue até onde os cavalos são guardados, juntamente com a carruagem leve e rápida que Pátroclo antes usava a seu lado e é mantida. Ele chama os cavalariços. Dá-lhes ordens, as mesmas de todas as manhãs já há onze dias, para alinhar os cavalos, pôr as rodas da carruagem e deixar tudo pronto para ser usado.

Os homens obedecem, mas sabem no que ele está pensando e não suportam olhá-lo nos olhos.

Aquiles os observa trabalhando enquanto anda impacientemente de um lado para o outro no estábulo. À procura de alguma falha que possa encontrar. Furioso com ele mesmo.

Mas os homens sabem como ele está nessas manhãs e são cuidadosos. Quando os cavalos saem trotando, já estão penteados e brilhosos; os raios e pinos das rodas da carruagem estão limpos; os parapeitos, devidamente polidos. Fizeram bem seu trabalho. Aquiles é meticuloso, mas seus homens também são. Ele que se enfureça à vontade e os observe.

Os homens sorriem uns para os outros, sem demonstrar nada quando, depois de dar duas voltas ao redor da carruagem e parar meia dúzia de vezes para avaliar o trabalho, Aquiles meneia a cabeça e se dirige aos animais.

Esses cavalos, um presente que os deuses deram no casamento de seus pais, chamam-se Xantos e Bálios. Ele sussurra uma ou duas palavras nas orelhas dos animais, algo que os cavalariços não compreendem, e os cavalos erguem a cabeça, balançando as crinas oleosas, os pelos escuros se eriçando. Ainda que tenham uma centelha divina e sejam imortais, são também criaturas como outras quaisquer e, assim sensíveis, do seu jeito animal, reagindo a qualquer alteração no comportamento do dono, tanto que parecem ter razão e empatia quase como um ser humano.

Xantos, o mais nervoso e o mais impulsivo dos dois, é o preferido de Aquiles. Ele passa a mão agora, com muito cuidado, em seu lombo sedoso, sentindo o tremor do músculo sob a pele quase transparente. Aproximando-se do lábio macio e recebendo o hálito quente do cavalo no rosto, ele adivinha em si um arroubo de ternura, um assombro diante da vida desse ser mágico. Também quando observa os olhares dos cavalariços sobre si com suas dúvidas – o que fará agora? –, Aquiles sente uma espécie de inveja da liberdade que a criatura tem nessa autoconsciência que às vezes nos torna estranhos a nós mesmos e sombriamente divididos.

Ele dá em Xantos um tapinha carinhoso no lombo; depois, subindo agilmente na carruagem, dirige com lentidão para onde o corpo de Heitor, os pés ainda unidos, os braços estendidos, continua caído na terra. Não é necessário descer. De onde se encontra, pode ver que tudo está como ontem e como anteontem e como sempre foi desde o início dos tempos. Os deuses continuam a desprezá-lo.

Heitor está deitado parecendo dormir. Seus traços são como os de um jovem noivo recém-revigorado, os cachos limpos como se em vida, a fronte como mármore; todos os golpes e cortes que ontem lhe deixavam os ossos à mostra foram cuidadosamente fechados e os membros tortos, recompostos.

Semicego de raiva, Aquiles salta do carro, hasteia o cadáver pelos pés até o eixo e, com rapidez brutal, dá três voltas na tira de couro ao redor da barra, amarra-a bem firme e com selvageria dá um nó. Está lidando com um amontoado de ossos. Como sabem os cães, que latem e uivam por ser mantidos tanto tempo longe do que agora querem devorar.

– Depois – o guardador de cães sussurra enquanto, agachado ao lado dos animais e segurando-os firmemente pela coleira, observa Aquiles em sua tarefa. – Depois, meus queridos – ele lhes diz. – Quando *ele* terminar.

Aquiles subiu de novo na carruagem. Uma trilha de poeira se agigantou atrás dele enquanto atravessava a planície. À frente, o túmulo dos ossos de Pátroclo, marcando o lugar em que se ergueu a pira, com trinta metros de comprimento e trinta metros de largura. Aí Pátroclo foi cremado.

Cordeiros e bois foram sacrificados ao redor da base. Aquiles tirara pedaços da gordura e cobrira os corpos com eles; derramou dois preciosos jarros de alças duplas cheios de óleo e mel sobre o esquife e arremessou quatro belos cavalos sobre a pira, que urraram e espalharam fogo dos pelos quando a garganta lhes foi cortada. Aquiles havia cortado a garganta dos cavalos, assim como a de dois dos nove cães que Pátroclo mantinha, e arrastou uma dúzia de prisioneiros troianos de alta estirpe ao lugar, que o tempo todo urravam e se lamuriavam. E mesmo assim nada disso bastava. Sua dor ainda não fora consumida.

Toda aquela grande pilha de oferendas desapareceu sobre a planície, como fuligem e cinzas espalhadas. Só o túmulo permaneceu, e a urna com os ossos do seu querido amigo.

Aquiles diminui a marcha ao se aproximar. Os cavalos erguem as patas num trote cerimonial, as rodas da carruagem mal se movendo.

Da plataforma da carruagem, amargo e com uma cara de abutre, Aquiles olha para baixo. As lágrimas caem para dentro, o rosto está seco. Ele dá uma olhada por sobre os ombros, para onde Heitor está caído com o rosto virado para o chão. Tudo isso, ele diz a si mesmo, é para você, Pátroclo.

Mas nunca é o bastante. É isso o que ele sente. É isso que o atormenta.

Dando um puxão nos arreios, ele vira os cavalos para a esquerda e grita, mandando-os furiosamente galopar uma, duas, três vezes ao redor do túmulo, com o corpo de Heitor a sacolejar atrás, levantando uma nuvem de poeira que se espalha e aumenta como se naquele lugar da planície uma tempestade houvesse se formado e por algum tempo trovejasse e se contorcesse enquanto o restante do mundo permanecia imóvel.

No campo, longe dali, os cavalariços permaneciam com os olhos abertos, observando. Os guardas interromperam o que estavam fazendo no acampamento.

A coluna de poeira se eleva cada vez mais alto, espalhando-se. Depois, fica imóvel, paira e cai em porções, como a chuva ao longe.

Aquiles está voltando. Os membros pesados, coberto de poeira da cabeça aos pés. Os cabelos acinzentados por causa da terra. Rosto, braços, roupas, mãos, tudo coberto pela terra. Como um homem que tivesse saído da própria tumba.

Ele está tão sujo quanto a coisa – ensanguentada e irreconhecível – que carrega presa ao eixo da carruagem.

Cansado, os pulsos fluidos como água, dirige-se para onde os cavalariços o aguardam, no pátio.

Eles ficam ofendidos, embora ninguém ouse demonstrar, porque Aquiles trouxe cavalos que havia poucos minutos estavam reluzentes e admiráveis e que agora estão esbranquiçados como fantasmas.

Aquiles desce da carruagem. Não diz nada ao jogar as rédeas para o primeiro homem que surge.

Agora ele vai dormir. Cansado demais até mesmo para tomar um banho, ele vai imediatamente para a sua tenda, enrola-se no seu manto sobre a esteira de palha no canto e, em poucos segundos, mergulha no sono.

A rapidez de seus pés é seu maior talento entre os gregos: Aquiles, o Corredor. A rapidez do seu espírito para sugar o ar dos pulmões, para superalimentá-lo com a energia e a leveza de pés e calcanhares, os músculos da panturrilha, os longos tendões das pernas, tudo isso são qualidades animais que ele compartilha com os lobos da sua terra natal, os corpos alongados, o pelo que se deita quando eles correm contra o vento.

Seu espírito de corredor o desertou. É o peso da terra dentro dele, em todos os órgãos, a começar com o coração, que ele precisa jogar fora se pretende voltar a ser o que era.

Ele está esperando pela trégua. Por algo que surja para quebrar o feitiço que lhe foi jogado, a raiva que o consome e que o faz desperdiçar energia com o desespero. Algo novo e inimaginável e que ainda assim torna necessário que Aquiles o confronte, que depare com isso e que se liberte das teias que o aprisionam.

Enquanto isso, dia após dia, ele se enfurece, envergonha-se, clama em silêncio por um espírito que não lhe responde, e dorme.

II

Fundada num terreno irregular ao longo de um rochedo, Troia é uma cidade com quatro torres dispostas num quadrado, em cima das quais há nojentos ninhos de cegonha, cada qual tão alto quanto um homem; pombais, cisternas e pátios em que bodes negros são presos, e um labirinto de praças de pedra e ruazinhas, casas de pedra e tijolos de argila esbranquiçada em forma de cubo, com escadarias que a esta hora conduzem aos sonhos. Nos telhados planos sob coberturas tecidas às pressas, arbustos exalam pesados odores noturnos e os gatos nativos da região, com seu ar arrogante, equilibram-se sobre os parapeitos e miam como almas atormentadas em seus rituais de acasalamento. Espremidos entre rochedos há jardins com figueiras, romãs, uma ou duas fileiras de legumes ou vagens, um amontoado de ervas em que lesmas do tamanho de um dedo de bebê ressuscitam às dúzias depois de uma tempestade e pendem como gotas de chuva de cada galho.

Aqui, durante onze noites, outro homem luta com pensamentos sombrios deitado insone na sua cama – mas insone neste caso, como na maioria das ocasiões da vida, é modo de dizer. É o que ele sente ser o mais adequado à sua dor.

Na verdade ele dormiu, mas num sono tão leve, passando por turbilhões de fogo e cadáveres amontoados em pilhas ao redor de arcos em ruínas ou jogados em covas comuns, que, ao acordar, está profundamente exausto.

A dor que o assola não é somente por seu filho Heitor. É também por um reino arruinado e ameaçado de aniquilação, por sua esposa, Hécuba, e os muitos filhos, filhas e netos que permanecem sob a sua frágil proteção; e por Troia, antes um lugar de refinamento e de cerimônias que agradavam aos deuses e que agora, nos delírios que noite após noite não o deixam descansar, é um lugar em chamas, cujos cidadãos – embora se acreditassem tranquilamente dormentes e seguros em suas camas – são os cadáveres entre os quais ele vagueia: decapitados, sem pernas, selvagemente feridos, pairando sobre o cheiro fantasmagórico e o fogo dos mortos. Moscas se juntam em suas narinas e no canto dos seus olhos. Cães bebem os restos de seus cérebros, roem seus ossos e crânios e ossinhos do pé. Lá em cima, entre colunas de fumaça, aves de rapina planam, esperando que os cães acabem de se alimentar.

Príamo geme e o servo da alcova, deitado em sua esteira na entrada, começa a despertar.

– Não, não – diz ele, baixinho. – Não é nada. Não preciso de nada.

O servo se deita. O quarto volta a ficar imóvel.

Mas agora alguma coisa está diferente. O ar, como se percebesse outro distúrbio, algo menos físico, treme com um brilho colorido provocador.

Príamo se levanta. Ele sabe, por experiência, o que o aguarda. Permanece preparado, mas sem se mexer.

Em geral, na falta de luz no quarto em que se senta meneando a cabeça ou na hora de ócio às margens do seu lago de peixes no jardim, um ou outro deus se materializa, numa espécie de viscosidade, no vazio reluzente.

Uma passividade antiga e fantasiosa, à qual ele não acha mais que seja necessário resistir, dissolver-se-á no limiar entre o sólido e o tangível no mundo ao seu redor – folhas de amora ao vento nas sombras, as saliências nodosas no tronco de um pinheiro – e a matéria sem peso na qual sua consciência fica à deriva, com os deuses, em sua presença corpórea, tendo a mesma consistência dos seus pensamentos.

Os dois filhos, Cassandra e o sacerdote Heleno, herdaram seus poderes, mas de uma forma que os põem em dúvida. Apesar de toda a sua reverência – ele diria que isso é uma parte necessária –, ele se mantém cauteloso nos diálogos com os deuses, que nem sempre agem com sinceridade, pelo menos é o que descobriu. Ele pisa sobre ovos na presença dos deuses.

Cassandra, embevecida e pura, não tem nenhuma de suas pecaminosas hesitações. Pobre criança! Os irmãos a ridicularizam sem misericórdia, vendo nessa mística semilouca e autoproclamada noiva de Apolo uma menina que sempre foi muito ambiciosa, que gosta de chamar a atenção para si. Príamo está inclinado a concordar com isso, mas ama demais a menina para abertamente se opor a ela. Intoxicada, exausta, a serviço de uma divindade que a possui fisicamente, ou assim ela acredita, e a envolve em chamas, Cassandra assusta o pai com os pensamentos cálidos que seu deus expressa por sua boca, alguns dos quais, por mais horríveis que pareçam, o soberano não pode ignorar completamente.

Heleno, ao contrário, é o sacerdote consagrado de Apolo. O que existe quase naturalmente em Príamo na forma de um aspecto do seu ser cotidiano e em Cassandra como histeria autoinduzida em Heleno assume uma lisonjeira forma profissional. Austero e dominador, mas convencional, ele é um homem, Príamo sente, absolutamente à vontade com a própria condição humana.

Só Príamo tem a bênção e ao mesmo tempo a responsabilidade terrível de permanecer perto da fonte. Seu caráter está aberto a qualquer momento às presenças no ar ao seu redor, que, quando se juntam e assumem uma forma corpórea, têm o nome de deuses. É o que acontece agora. Sentado na beirada da cama, o que Príamo vê com o canto dos olhos é a bainha de um manto e, no ar, o último suspiro de uma mensagem que agora ele tem de reter na mente e dela se recordar.

Príamo é obrigado, em seu papel de rei, a pensar no corpo sagrado real, este metro e oitenta de matéria que ele move e com o qual respira – sente dor, espirra e tudo o mais – e que já foi um corpo como qualquer outro e uma abstração das terras que ele representa, o mapa vivo dos seus súditos.

Mantendo a cabeça ereta por todas as estradas que conduzem às partes mais remotas do seu reino, ele às vezes as sente como laços amarrados ao seu cetro, na maior parte do tempo soltas, mas às vezes apertadas e comprimindo-o um pouco, de acordo com o que está acontecendo lá – acontecimentos que seu corpo reconhece como um mau presságio muito antes de ouvir o relato dos mensageiros, que há dias percorrem os caminhos empoeirados, apressados para espalhar as notícias.

Duas ou três vezes em seu reinado ele percorreu com seu séquito esses territórios distantes, para se mostrar e para ver um pouco do que existe lá e que ele representa. Mas seu papel mais comum é ficar imóvel no centro, real e simbolicamente respirando o mesmo ar, para vivenciar essa sensação dupla quase como se fosse uma só.

Como agora, quando, do alto do terraço coberto da sua alcova, ele ouve o eco de algo que em outras circunstâncias talvez fossem palavras.

Depois de onze dias observando e rezando em silêncio, sem que nenhum pedaço de comida ou gota de vinho passasse por seus lábios, tem uma resposta!

O filho Heitor morrera diante de seus olhos. De um bastião no ponto mais alto da muralha da cidade ele vira, impotente, que Aquiles, com destreza, como um homem instruído por seu espírito maligno ou seguindo pelos limites de um sonho, havia arrastado o cadáver até a sua carruagem, prendendo-o nó após nó no eixo e depois o levando pela estrada pedregosa.

Semienlouquecido pela tristeza, Príamo correu até os portões – pretendendo fazer o quê? Nem ele sabia. E, quando Pamon e Heleno o perseguiram e o contiveram, deixou-se cair no chão e na sujeira da rua, com uivos que na dor e desolação devem ter parecido ao povo que sua cabeça estava cheia de excrementos malignos a sujar a coroa – sua única coroa agora, como os deuses claramente queriam; por isso, quando eles olharam para baixo, viram, sem poder ignorar, aquilo que haviam feito: o velho boneco a que tinham obedecido e que fora por muito tempo adorado e adulado, reduzido mais uma vez ao que era quando eles pela primeira vez se abaixaram para levantá-lo: uma criança abandonada, toda suja e fedida; uma criança agora com setenta anos nos ombros e tudo o que existe no meio disso, o desfile de extravagâncias de seus dias como Príamo, Rei de Troia, um ser ridículo, como havia muito tempo eles queriam.

– Não, Príamo, você está enganado.

Ele começa e, quando se vira e vê, os olhos se ofuscam.

Sentado a seu lado na cama está a deusa Íris. Ela sorri. Indulgentemente, pensa ele. A luz fraca em meio a qual ela surge tem um efeito calmante, e seu coração se abre para o que ela lhe sussurra no ouvido.

– Não um ser ridículo, meu amigo, e sim do modo como as coisas *são.* Não como devem ser, mas como se desenrolaram. Num mundo que também está sujeito ao acaso.

– Acaso?

Ele disse essa palavra em voz alta. Novamente o servo se remexe. Príamo se vira rapidamente para onde o servo se encontra, com medo de que, se o empregado acordar e disser algo, desapareça a fantasia que ele está vivendo.

E, de fato, quando ele se volta, ainda que as palavras de Íris continuem jorrando para dentro da sua mente, a deusa já não está mais ali. Somente um resquício do seu esplendor habita a alcova, e Príamo se pergunta – ele é, por natureza, um questionador – se até mesmo essa aparição não seria um efeito tardio do seu despertar.

Mas de onde mais uma sugestão tão perigosa assim poderia vir senão de um ser imortal? Um dos que são livres para levantar questões blasfemas, justamente porque, por serem imortais, jamais estarão sujeitos às consequências da resposta.

Acaso?

Intrigado, mas também estranhamente entusiasmado, Príamo pôs os pés no chão e tateou em busca das sandálias.

A mente está limpa como se ele tivesse dormido por todos esses onze dias e noites e acordasse agora completamente renovado, o humor melhorando depressa dentro dele.

Senta-se imóvel, os ombros ligeiramente curvados; e a imagem que se forma diante dele é a própria imagem, sentado ali exatamente como ele está, mas sob o brilho intenso do sol, no banco de uma carruagem. Uma carruagem simples de madeira, do tipo que os trabalhadores usam para transportar lenha ou feno, e puxada por duas mulas pretas.

Ele próprio está usando vestes brancas simples, sem ornamento. Nenhum amuleto com pedras preciosas no peito. Nenhum bracelete de ouro nem outra forma de insígnia real.

No banco a seu lado, o condutor da carruagem é um homem não tão velho quanto ele, mas tampouco muito jovem. Um homem de ombros largos como ele jamais vira antes e usando um manto feito em casa. Um homem barbudo, de cabelos desgrenhados, rude, mas não intimidador.

Atrás deles, a plataforma de carga da carruagem está coberta por um tecido trançado e há algo brilhando sob a cobertura simples branca. Ouro ou bronze. Algo que reluz.

Mas ele sabe o que é – não é preciso erguer o canto do tecido e olhar o que há ali.

Ele se levanta rapidamente e, passando pelo servo, que dessa vez não se move, abre a porta dos seus aposentos e segue pelo corredor.

– Hécuba – murmura ele. Seu coração bate forte. Esta boa notícia é para Hécuba, ainda que ele já tema – novamente, a insegurança que sente – sua resposta quando lhe ouvir os planos.

Lá fora, o corredor é escuro, exceto pelos lampiões dispostos ao alcance de todos ao longo da parede, e estendendo-se em intervalos até o pórtico distante. O efeito é semelhante ao de uma inundação negra que se elevou à altura da cabeça, espessa, solene, agitando-se à vermelhidão tremeluzente das paredes mais altas, de modo que, ao sair apressadamente pelo corredor, o que Príamo sente é um incômodo estranho – ele, para quem todas as coisas estão dispostas com antecedência pelo zelo dos servos e graças ao esforço de centenas de escravos.

Aqui e ali, enquanto ele atravessa o corredor, o rosto dos servos, que se sentam de costas para a muralha nesta ou naquela entrada de um cômodo, ilumina-se no escuro. Admirados de vê-lo a esta hora e despreparados, eles se levantam e murmuram as cortesias de sempre, mas Príamo passa antes que sejam capazes de se aprumar.

Sim, sim, pensa ele, tudo isto eu sei que é sem precedentes.

Como também o é seu plano. Esta corrida quase ao raiar do dia pelo corredor deserto é apenas o início. Ele vai se acostumar ao diverso. É isso o que busca.

Príamo se sente ousado agora, desafiador. Seguro de sua decisão.

Se pretende enfrentar Hécuba e vencê-la, tem de estar seguro.

Ele a encontra já desperta e ereta, no sofá dos seus aposentos. Um lampião queima no alto de um comprido pedestal de cobre. A seus pés, um vaso de brasas – ela sofre com uma gripe – exala um calor tímido.

Hécuba também não dormiu. Os cabelos estão desarrumados – isso é o que ele percebe primeiro. Mas Hécuba, assim que o vê, com seu velho orgulho da antiga beleza e com o desejo de sempre se mostrar do melhor modo para ele, faz o gesto que, como tudo, sabe executar de modo preciso e controlado, com sua elegância prática, procurando o grampo que prende os cabelos; e, num instante, tudo nela está como era antes.

Ele observa sem dizer nada. Emocionado novamente pela ternura que eles há muito compartilham, Príamo se senta a seu lado e lhe pega a mão. Já não é branca, e sim cheia de veias e manchas como as dele mesmo, com pintas escuras, a carne entre os ossos frágeis que seus dedos tocam delicadamente. Príamo leva aos lábios os dedos enrugados e frouxos de Hécuba, lançando-lhe um olhar cheio de piedade. As pálpebras dela estão inchadas de tanto chorar.

– Hécuba. Minha querida – ele suspira, e ela permite, quase como uma menina, que Príamo a segure e a conforte.

Ficam sentados por um momento, abraçados um ao outro como crianças. A luz treme. Ela chora. Quando as lágrimas cessam e ela recobra o controle de si mesma, Príamo começa.

– Minha querida – diz ele docemente –, já passaram onze dias desde a morte de Heitor e não fizemos nada, ninguém, a não ser chorar e ficar imobilizados pela dor. Sei que *eu* chorei e vejo que você ainda está cheia de lágrimas. E como poderíamos ter agido de forma diferente, qualquer um de nós, por tal filho e irmão, um protetor tão destemido de Troia e seu povo? E você mais do que todos, minha querida, que perdeu tantos filhos nestes últimos anos terríveis.

Ele tem muito o que lhe dizer e quer avançar aos poucos. Quer que Hécuba veja o plano que está prestes a lhe mostrar não como algo desesperado e ousado, e sim como resultado – embora não seja claro – de muita reflexão e raciocínio cuidadoso.

Mas o olhar que ela lhe lança é tão feroz que Príamo recua e não consegue lhe falar. Ele sente a dificuldade do objetivo, aquela mesma que o acompanhou, e fracassa.

– Lágrimas – murmura ela, quase para si mesma. – Ah, eu tenho muitas lágrimas. Mas não de tristeza. De raiva, fúria, por eu ser uma mulher e não poder fazer nada além de me sentar aqui e me enfurecer e chorar enquanto o corpo do meu filho Heitor, depois de onze dias e noites, ainda está lá na planície, sujo, sem ter sido untado, e já onze vezes o nobre Aquiles o arrastou para cima e para baixo pelos navios gregos, meu filho, meu querido filho Heitor, batendo sua pobre cabeça no chão! Ah, se eu pudesse pôr as mãos naquele carniceiro, lhe arrancaria o coração e o comeria cru!

Príamo cede diante dessa mulherzinha corajosa e elegante que ele conhece e não conhece há tantos anos.

– Eu o carreguei – sussurra ela – aqui, aqui – e, com o punho fechado, bate no peito. – É a *minha* carne que está sendo arrastada pelas pedras lá. Sete vezes já chorei a morte de um filho perdido na guerra. E o que lembro de cada um é como eles chutavam com seus pezinhos sob o meu coração, aqui, bem aqui, e o primeiro choro que soltaram ao ser apresentados ao mundo, e os primeiros passos. Troilo demorou muito para andar, lembra-se disso, Príamo? Você costumava incitá-lo com um pequeno punhal que tinha, com a cabeça de um cão no cabo, lembra-se disso? – E ela procura uma resposta em seu rosto. – Fiquei em trabalho de parto por dezoito horas com Heitor. É disso que me lembro quando penso no seu corpo sacudindo sobre as pernas e deixado lá para que os cães o rasguem e o comam.

Príamo balança a cabeça. Esse tipo de conversa de mulher o deixa nervoso. Não é algo que faça parte do seu mundo. Ele não se lembra do punhal com cabeça de cachorro entalhada nem de seu filho Troilo demorando para andar. Do que se lembra é de vários seres que berravam, cada qual lhe sendo apresentado como uma sanguinolenta oferenda humana nas mãos estendidas de uma serva, para que ele os reconhecesse como seus, os abençoasse e os aceitasse na corte. Do que se lembra é que Troilo está morto, assim como vários dos seus filhos. Como Heitor. Essa conversa de cabeças de cachorro e punhais o distraíra daquilo que ele viera lhe contar e tornara difícil para ele começar. Mas, passado um momento de silêncio contido, Príamo começa.

– Hécuba – tenta ele. – Depois de tanto tempo, destes onze dias com nada além de choros e reflexões, tomei uma decisão; não, não, deixe-me terminar, você pode fazer suas objeções, sei que terá objeções posteriores, depois que eu tiver dito tudo.

Diante do silêncio dela, Príamo continua.

– Estou velho demais, eu sei, para vestir uma armadura e ir ao campo de batalha. Para entrar em confronto e descer da minha carruagem e quebrar cabeças e suar e sangrar. E a verdade é que jamais fui um guerreiro, esse nunca foi meu papel. Meu papel foi me manter reservado em cerimônias e deixar que outros fossem meus braços e punhos – meu fôlego também, quando era necessário falar, porque, fora da minha vida aqui na corte e com você, querida, onde gosto de falar um pouco, sempre tive um proclamador ao meu lado, nosso bom Idaeus, que encontrasse as palavras certas para mim. Ser visto como um homem igual aos outros homens – humano como somos todos – seria sugerir que eu era impermanente e fraco. Era melhor manter-me imóvel e ficar em silêncio, de modo que, quando a velhice se abatesse sobre mim, como por fim aconteceu, o mundo não visse como minhas mãos se tornaram trêmulas e como minha voz ficou hesitante e fina. Só que eu ainda estou aqui. Fixo e permanente. Imutável, portanto, inalterado. Bem, você sabe que mudei, minha querida, porque de você nada do que sou, ou quase nada, é escondido. Para os outros, sou o que sempre fui – o grande Príamo. Mas só porque eles nunca realmente olharam para mim. E, quando me veem, o que enxergam é o que querem ver. A marca fica sendo aquela à qual tudo no meu reino se refere. Uma estátua cerimonial, que poderia muito bem ser feita de pedra ou madeira. Tudo isso eu digo para finalmente chegar ao que quero lhe dizer.

Ele respirou fundo e prosseguiu.

– Esta manhã, enquanto estava sentado em silêncio na minha cama, logo depois de acordar, tive uma visão. Não um sonho.

E, respirando fundo, Príamo começou a descrever a Hécuba como se vira sentado numa carruagem puxada por duas mulas negras, vestido simplesmente com um manto branco e sem nenhum dos símbolos do seu reinado, nenhum amuleto, nenhum bracelete ou qualquer outro tipo de regalia; e só de se lembrar disso agora, deixando que os contornos da pintura fiquem mais claros enquanto acrescenta detalhe após detalhe, Príamo tem mais certeza que nunca de que o que pretende fazer é o que deve ser feito.

Mas para Hécuba a imagem é perturbadora – ela está mais ligada às tradições do que acredita – e, à medida que Príamo introduz o assunto, ela fica mais e mais incomodada.

Príamo está lhe contando um sonho. Sonhos são sutis, instáveis, não foram feitos para ser lidos nem interpretados literalmente. Escondidos no que eles parecem mostrar estão sinais que precisam ser avaliados por uma mente capaz de ver, através dos meros detalhes, o que paira luminosamente além. Hécuba passou todos os anos do seu casamento lidando com essas visões que afligiam Príamo. Ela se prepara agora para retrucar, como normalmente faria, mas ele a previne.

– Não, não, minha querida – ele insiste. – Ainda não terminei – e a firmeza com que diz isso, que lhe é incomum, a faz se calar. Ele continua rapidamente a descrever o condutor que está sentado a seu lado, a cobertura trançada sobre a plataforma de carga e a carga que estão carregando.

– Ela brilha – sussurra ele, a voz marcada pela surpresa, como se a carruagem estivesse de fato no quarto com eles. – Brilha debaixo da cobertura branquíssima. E, ainda que eu não possa vê-la – ele fecha os olhos demoradamente, sabendo muito bem que ela prendeu a respiração –, sei o que é. É a melhor parte do meu tesouro. Moedas de ouro, armaduras e armas, cerâmicas, pedestais, caldeirões, a taça rara de ouro; minha preferida, você sabe qual taça, aquela que os trácios me deram há muitos anos, quando lhes dei uma embaixada. Tudo brilhando enquanto eu me sentava ao lado do condutor e nós viajávamos à noite.

Ele, então, acelera a narrativa.

– Depois, minha querida, já não é noite. E dessa vez, quando olho para trás de mim, o que brilha sob a cobertura trançada é o corpo do meu filho Heitor, todos os seus membros quase restaurados e lustrosos, restaurados e *redimidos*. E isso é tudo – sussurra ele antes que Hécuba possa protestar com a expressão de desconsolo que ela lhe lançou. – É isso o que pretendo fazer. Ir hoje, imediatamente, até Aquiles, exatamente como me vi no sonho, vestido como um homem comum e sem servos, apenas com um condutor para a carruagem; não como um rei, e sim como um homem simples, um pai, e lhe oferecer uma rendição, e, à vista dos deuses, que com certeza devem estar olhando piedosos para mim, pedir-

-lhe humildemente, ajoelhado se for preciso, que devolva o corpo do meu filho.

Sua voz falha, e Príamo rapidamente desvia o olhar. Ele não ousa encarar Hécuba. Quando enfim a vê, ela, com os olhos estreitos, ainda o está olhando fixamente.

Ela meneia a cabeça. Rapidamente. Ela está, Príamo sabe disso, tentando se controlar. Ele tem de ser forte agora. Príamo sempre teve medo dessa raiva contida nela.

– E o que você espera que ele faça? – ataca ela. O escárnio em sua voz é destruidor. – Você espera que aquele... chacal, aquele nobre arruaceiro se emocione com essa comovente atuação?

Hécuba se levanta e começa a andar de um lado para o outro. A luz do lampião tremula quando ela passa, pequena, ereta e furiosa, diante da chama.

– Quando Heitor aceitou o desafio de Aquiles e cortesmente lhe ofereceu os termos do combate, sem permitir nenhum insulto a seu corpo se o vencesse, e sim entregando-o de forma honrada para que fosse sepultado de acordo com a vontade dos deuses, o que o homem fez? Ele rejeitou a oferta com desprezo, e depois que Heitor – ela para, incapaz de mencionar a palavra

–, quando a vitória coube aos gregos, ele permitiu que seus escudeiros atacassem o corpo do meu filho querido e mais de vinte vezes, um depois do outro, enfiaram-lhe adagas na carne. Por quê? Com que objetivo? Para descarregar sua maldade sobre ele, os covardes, por ser ele o que Aquiles jamais será, um homem sem mácula em sua alma, reluzindo com pureza diante dos deuses. Aquiles amarrou os pés de Heitor ao eixo da sua carruagem, algo nunca antes visto, e lhe arrastou o corpo pelo chão. E você espera que esse selvagem, que viola todas as leis dos deuses e dos homens, aceite o presente que lhe dá e aja como um *homem*?

– Eu realmente espero que isso aconteça – responde Príamo tranquilamente. – Acredito que seja possível. Acredito... – E ele se impressiona diante da grandeza do pensamento que está expressando, ele, que por toda a vida foi guiado pelas tradições e convenções. Claro, pensa ele, é uma deusa que está falando através de mim. – Acredito – diz – que o que é preciso para desatar esse nó ao qual estamos todos presos é algo que nunca antes foi feito ou imaginado. Algo impossível. Algo *novo*.

Ele se ajeita, cobre os olhos e se senta. A segurança com a qual ele falou, a tranquilidade que aquelas palavras espalham ao redor deles, deixa-a desconfiada: ela não deve irritar Príamo. Mas o perigo que ele está determinado a correr a deixa alarmada. Hécuba precisará de todas as suas artimanhas, de todos os seus poderes de persuasão firme mas calma, para demovê-lo dessa ideia.

– Mas você nunca conseguirá chegar lá – ela sussurra. – Algum valentão entre os gregos o atacará antes que você se aproxime do acampamento. Pense nisso. Dois homens numa carruagem cheia de ouro? Você acha que seus cabelos grisalhos o salvarão?

– Não – admite ele. – Mas os deuses talvez me salvem. Se eles quiserem que eu chegue lá.

– Príamo, Príamo – suspira ela, e novamente lhe pega a mão. – Isso é tolice.

– Sim, é. Eu sei. Mas o que parece tolice é justamente o mais razoável às vezes. O fato de nunca ter sido feito, de ser uma novidade impensável, exceto por *eu* ter pensado nisso, é exatamente o que me faz acreditar que eu deveria tentar. É possível porque é impossível. E porque é simples. Por que você sempre acha que as coisas simples estão abaixo do nosso nível? Porque somos reis? O que eu faço é o que qualquer homem talvez fizesse.

– Mas você não é *qualquer* homem.

– Verdade. De certo modo, não sou. Por outro lado, de um modo mais profundo, sou. Sinto uma espécie de liberdade nisso. É uma sensação de que gosto, que me atrai. E talvez, justamente por ser algo inesperado, isso também talvez o atraia: a oportunidade de se livrar da obrigação de ser sempre um herói, como sempre esperam que eu seja o rei. Assumir o papel mais leve de ser simplesmente humano. Talvez esse seja o presente verdadeiro que eu tenho para lhe dar. Talvez esse seja o resgate.

Hécuba balança negativamente a cabeça.

– E se você estiver apenas confuso demais? Quem vai cuidar de mim no que sabemos que está por vir? Porque sabemos, nós dois, o que isso significa e podemos falar disso aqui, onde não há mais ninguém para nos ouvir. Somente nós dois e os deuses.

A voz dela diminuíra para um mero sussurro. A chama do lampião também tremula.

– Quem dividirá o peso da dor que se vai abater sobre nós? E, quando meu espírito falhar, quem me estenderá a mão consoladora como você faz agora, meu querido? Quem manterá viva a nossa amada cidade de Troia? Viva pelo menos na aparência das nossas antigas relações com os vizinhos e em ordem depois que nosso grande centro e nossas fontes de recursos se exaurirem?

Eles se sentam em silêncio agora, a mão dela entre as dele. Já conversaram sobre essas coisas antes. Tranquilos, soberbos. São dois velhos pedindo conselhos um ao outro, buscando consolo na presença um do outro. Duas crianças de mãos dadas no escuro.

– Estou sendo egoísta? – Pergunta ela, finalmente.

Mas a pergunta é para si mesma e Príamo não tem uma resposta para lhe dar. Sua voz também, quando ele fala, não passa de um mero sussurro.

– Mas se eu não tiver sucesso com isso e estiver mesmo louco, tudo estará perdido. Devemos deixar isso para os deuses. Ou para o acaso.

Aí está! – E um calafrio atravessa todo o seu corpo: ele disse a palavra.

Acaso?

Ela levanta os olhos rapidamente. Certa de ter ouvido errado.

– A mim me parece – diz ele, quase ensandecido – que deve haver outro modo de nomear o que chamamos de sorte e desejo do destino, ou ainda o capricho dos deuses. O que nos oferece uma espécie de abertura. A oportunidade de agirmos por nós mesmos. De tentarmos algo que talvez faça que as coisas aconteçam de modo diferente.

Ela queria mesmo ter ouvido errado. As palavras têm poder. Elas também podem ser agentes da novidade, do que se pode conceber e do que se pode pensar e criar no mundo. Que Príamo, entre todos os homens, seja capaz de dizer uma coisa dessas – ele, que sempre foi atento às tradições e às leis – faz que ela se pergunte agora se ele não perdeu o juízo. Ela precisa de tempo. Ela precisa da ajuda dos filhos.

– Ouça, meu querido, esse seu plano, se você realmente pretende prosseguir com ele, você deveria chamar nossos filhos, Heleno e os outros, para uma reunião. Essa é a maneira correta. – Ela se permite um momento de silêncio. – E quanto a esse outro assunto – Hécuba não consegue usar a palavra –, a essa ideia pela qual você está fascinado, de como e por que as coisas acontecem como acontecem, isso não deve ser mencionado. Imagine o que causaria, o que permitiria. A aleatoriedade, a violência. Imagine o pânico que espalharia. Você deve, eu lhe imploro, manter isso estritamente para si mesmo. Agora sairei e darei ordens para que acendam um caldeirão aquecendo a água do seu banho. – E ela caminha lentamente até a porta e chama um servo. Enquanto isso, Príamo, absorvido em suas próprias fantasias, continua sentado na beirada da cama. Quando Hécuba volta, ele ainda está ali, sentado.

– Meu querido – diz ela –, o que há? Mais alguma coisa?

Seus olhos estão secos, solícitos e eficientes. Hécuba tem agora um plano para demovê-lo.

– Hécuba – começa Príamo –, há mais uma coisa que quero que você ouça. Uma coisa que até agora eu nunca lhe disse em todas as muitas horas de intimidade que passamos juntos. Até mesmo para você, minha querida, que conhece todas as minhas dúvidas e pontos fracos, minhas vergonhas, ansiedades e temores. Não porque eu quisesse guardar segredo; você, entre todas as pessoas, sabe que não gosto disso. E, de qualquer maneira, você tem seu próprio modo de me convencer; portanto, para que serviria isso? Eu não lhe disse estas coisas porque não sabia como dizê-las. Nem mesmo como começar.

Ele balança a cabeça, balança-a lentamente de novo e, então, recompondo-se, pega a mãozinha de Hécuba e a segura perto do coração. Ela reage mantendo a mão ali com certa força. Hécuba é sensível aos aspectos mais obscuros dele, mas Príamo está estranho hoje – ela não tem a menor ideia de para onde tudo isso está indo.

– Você conhece a minha história – diz ele tranquilamente. – Deve tê-la ouvido uma centena de vezes quando criança no palácio do seu pai, lá longe, em Frígia, muito antes de saber que um dia faria a viagem até aqui e se tornaria minha esposa. – Ele sorri ao dizer isso; a ideia o conforta. É um fato consumado, agora uma história por si só. – Eu me pergunto o que você achou disso e o que pensou a meu respeito. Talvez até mesmo naquela época seu coração tenha sido tocado e o que você sentiu, quando era apenas uma menina, levou a esta vida toda que passamos – adoravelmente, acho – na companhia um do outro.

Príamo leva as mãos dela a seus lábios, mantendo-a compenetrada, o olhar ameno e interessado, como se, ao longe, ainda fosse a criança que ele acabara de evocar: de cara feia, com um pouco de medo, apegando-se a uma história da qual, em determinado ponto, sua própria vida estava suspensa.

– Bem, é uma história que todas as crianças conhecem e já ouviram cem vezes, na hora de dormir ou contada por algum mágico no mercado público. O início. O longo processo de sedução e a aterrorizante negociata no meio. Depois, tudo repentino – no que é sempre uma surpresa, até mesmo para o ouvinte que já sabe o que está por vir –, a reviravolta, o final feliz. Por mais que já tenha ouvido essa história, o ouvinte fica sem fôlego, sua alma prendendo a respiração. Logo um milagre ocorrerá e a vítima, o ser perdido – neste caso, eu –, será agarrado e felizmente ressuscitado.

"Imagine, então, o que era ser aquela criança. O que foi realmente viver no meio daquilo, do que não era simplesmente uma história, ainda não, e sim algo muito verdadeiro, todo o barulho e fumaça e pânico. Sem saber nada do que aconteceria e simplesmente *estar lá* – um entre uma horda de crianças gemendo, algumas com não mais do que três ou quatro anos, retiradas às pressas da cidadela em chamas, juntamente com ratos, camundongos e várias outras criaturas horrorizantes, todas tremendo de medo na fuga. Uma multidão de criancinhas nojentas e cheias de piolhos, com a marca de chicotadas nas costas, filhos de mendigos, mascates, empregadinhas, cavalariços, prostitutas. E espremido entre eles, choramingando e pálidos, uns poucos nobres mimados como eu, crianças que viram os pais serem mortos e os irmãos caídos com a garganta cortada. Todos agora escondidos – cobertos de estrume para disfarçar o cheiro de erva-doce na pele – em meio a todos os demais. Profundamente confusos como os outros e esperando, cansados e famintos demais para sentir medo, que algum capanga viesse matá-los, com os cabelos desgrenhados e suados, alguém que se cansara de perfurar barrigas e esmagar crânios e que estivesse disposto agora a ter um pouco de diversão. Pronto para se divertir quebrando costelas e enfiando o dedo grosso numa boca e pegando um ou outro entre nós para ser seu escravo ou seu brinquedinho, seu espólio de guerra.

"Nós nos juntamos em grupos, quase dormindo em pé. O ar era um forno cheio de fumaça. Já passava do meio-dia. Desde que a matança começara, logo depois do amanhecer, nenhuma gota de água passou por nossos lábios. Alguns dos menores estavam com o nariz escorrendo e choravam por sua mãe. Outros estavam apavorados demais para fazer outra coisa além de se encolher sobre os próprios excrementos. Nós nos juntamos, todos sujos de cinzas e marcados pelo sangue seco de quem quer que fosse, um pai ou um vizinho cujos braços foram arrancados. Esperando ao léu agora pelos homens cujas vozes podíamos ouvir num ruído alto por toda a cidade, para que chegassem como lobos e nos levassem.

"Um grupo de guardas fora designado para nos proteger. Eram homens feridos, alguns sangrando e com curativos pelo corpo, todos eles assustadores para uma criança que nunca conhecera outros homens que não aqueles cujos atos eram uma resposta imediata às suas necessidades. Suas vozes ásperas, as mãos, as bocas vermelhas me assustavam. Eles cercavam as crianças, empurrando e gritando. Mais assustadores ainda eram seus risinhos de escárnio. Por fim, do nada, ou por conta de uma necessidade de um momento de diversão selvagem, eles jogaram punhados de migalhas na multidão e riram dos mais rápidos ou dos mais desesperados no grupo de crianças seminuas e famintas que se lançavam sobre eles, fuçando na terra e se debatendo com as mãos ou os pés descalços, uivando, mordendo, enganando uns aos outros. Os homens gritavam e os atiçavam. Mas, quando seus ataques ameaçaram causar outro sério contratempo – éramos, afinal, propriedade de seus chefes e nada podia nos acontecer –, eles investiram aos socos e chutaram as crianças ou as puxaram pelos cabelos ou pela nuca, segurando-as como gambás com os braços esticados, temendo-lhes os dentes e depois jogando-as de volta na multidão.

"E eu sou uma dessas crianças miseráveis e chorosas. Com seis anos de idade e sem que eles pudessem notar, eu esperava – afinal, minha sobrevivência dependia disso – auxílio dos filhos das classes mais baixas. Tinha consciência bastante do perigo que havia, a ponto de me encolher para não chamar a atenção. Algumas das crianças entre as quais me escondia eram escravos palacianos. Qualquer um deles podia me apontar e me denunciar. Outros ainda ontem eram meus amigos de brincadeiras, nobres como eu. Nós nos evitávamos agora. Desviávamos o olhar. Separados pela multidão agitada. Imagine! Ser, num momento, uma criança mimada na corte do pai, sem nunca estar a mais de vinte passos da sua ama ou de algum outro servo cuja função é cuidar de você, o ser mais precioso das serviçais de sua mãe – meninas grandes com tiaras douradas e brincos nas orelhas, com as quais eu gostava de brincar – e de escravos que tinham de se aproximar de mim de joelhos, mesmo quando tudo o que estavam fazendo era me oferecer um punhado de nozes numa tigela ou me estender um recipiente para receber minha reluzente urina. Com uma pele que nunca foi tocada por outra coisa que não o melhor dos algodões ou seda e, no inverno, roupas de lã de ovelha. O dono de um belo pônei, de um coelho de estimação e de uma caixinha treliçada do tamanho do meu punho com um grilo dentro para trinar ao lado do meu travesseiro. Ser, num momento, Podarge, filho de Íficles, rei de Troia, e depois apenas mais um entre um grupo de crianças escravas que exalavam um cheiro que até então eu achava só ser exalado por outros seres. Um fedor de escravo ao qual me apego agora na esperança de que se prenda a mim, já que é a única coisa que pode me salvar da morte por afogamento no meu próprio sangue, como aconteceu aos meus irmãos lá na cidadela."

Príamo se senta, balançando a cabeça. Tudo isso é vergonhoso e há muito tempo foi um segredo para ele. Ele volta a falar com uma voz que Hécuba mal reconhece.

– Levando para fora da cidade e para longe do lugar sob o qual ficamos esperando na sujeira, há uma estradinha branca que serpenteia pela planície, desaparecendo na neblina. Ela parece tranquila. Ainda está vazia. Fico olhando para ela. Aquela estrada conduz à escravidão – foi o que disse a mim mesmo. É por aquela estrada que *ele* me carregará. Pendurado nos ombros como uma ovelha. Olho agora e ainda posso vê-la. É a estrada pela qual a outra parte do meu ser seguiu. Para uma vida na qual eu e você, minha querida, nunca nos conhecemos, nunca nos encontramos. Uma vida que vivi totalmente na sua ausência. No mesmo corpo, talvez – Príamo segura o próprio braço –, com a mesma pele flácida, a mesma dor nas articulações e dedos. Uma vida que, por sessenta anos, conheceu apenas o trabalho duro e a humilhação diária e os açoites. E aquela vida também vivi, nem que seja de um jeito fantasioso. Como uma versão fedorenta desta, com um cheiro que a qualquer momento pode entrar pelas minhas narinas, arrancar meu manto e sussurrar: "Então aí está você, velho Podarge".

– Há coisas – diz ele, quase num sussurro – de que, depois que as tocamos, depois que elas nos tocam, nunca conseguimos nos livrar, por mais que nos esfreguemos, por mais alto que os deuses nos elevem. Em nossas narinas, o fedor ainda está lá, a velha *fedentina*. O cheiro daqueles outros – que também é o meu cheiro, o cheiro de uma vida de escravo da qual estou sendo poupado –, do que nunca posso me livrar.

"Às vezes, à noite, quando estou quase dormindo, e durante o dia também, se fiquei acordado até muito tarde em qualquer cerimônia oficial, a voz do meu mensageiro Idaeus transforma-se num zumbido distante em meu ouvido, como o de moscas embebidas em sangue, e tudo volta ao meu redor. Feio, perto, tão espesso que é incrível que as outras pessoas não prendam a respiração e se afastem. E estou de volta em meio a tudo, olhando para baixo, para a estradinha branca que leva à nova vida. E isso não significa nada, essa outra história. Nela, a milagrosa reviravolta nunca aconteceu. Sou apenas mais um escravo, um entre vários. Olho para minhas mãos e pés escurecidos, para os trapos que visto, e sei que tenho mais importância no mundo que as lágrimas do mais miserável dos mendigos ou pedintes. Tudo me foi prometido pelos poetas da corte do meu pai, quando eles citaram os nomes dos meus ancestrais e cantaram suas ladainhas para os deuses, tudo o que os próprios deuses prometeram me fora roubado, cancelado, e o nobrezinho de todos os prazeres que eu julgava ser, Podarge, filho de Íficles, está tão morto quanto se tivesse se afogado num barril de vinho ou como se um desses açougueiros manchados de suor tivesse cortado minha garganta juntamente com o restante dos meus irmãos, e ele se sentou maravilhado no chão do palácio e observou seu sangue raro se espalhar pelo pavimento e fluir para dentro de uma fenda.

"Eu me consolava com os outros. Alguns estavam chorando, mas a maior parte deles estava resignada. Eles aprenderam a se resignar ainda no peito de sua mãe. A miséria é tudo o que conhecem, foi para isso que eles nasceram. Eu mesmo me resignei. Abandonei meu velho nome, já que o falar ou o ouvir significaria a morte. Abandonei meu nome e, com ele, o velho menino a ele atrelado, que estava engasgado com sua porçãozinha de vinho e bolo de papoula e que renascera como Ninguém, e que está esperando agora, junto com o resto, para ser arrastado para fora da multidão e preso e esquecido.

"É então que tudo acontece. Um sussurro que não o meu me trai. 'Podarge', murmura, e quem vejo olhando para mim com seus olhos negros é minha irmã, Hesíone. Quando balanço a cabeça e recuo, ela repete. Dessa vez, mais alto. 'Podarge!' Será que ela ficou louca? Será que sabe o que está fazendo? Porque *ele* está ao lado dele, grosseiro e sombrio. Sem chapéu, mas ainda completamente armado. A couraça manchada de suor, o corpo exalando o cheiro horrível de terríveis excrementos. Heracles, o inimigo do nosso pai. Os outros o conhecem também e recuam. Sou deixado sozinho sob o seu olhar. 'Vai acontecer agora?', pergunto a mim mesmo. Será que ela não percebe? Fecho os olhos, prendo a respiração.

"Mas o herói ri. Ele está de bom humor, ao que parece, divertindo-se.

"– *Aquela* coisa? – ele pergunta.

"Sua voz está cheia de escárnio.

"– Você escolheu *aquilo*? Em nome dos deuses, por quê?

"E ela responde:

"– Porque ele é meu irmão.

"Ele se enfurece. Abaixa-se até que a cabeça desgrenhada esteja na altura da minha. A enorme garra bem abaixo, uma garra de ferro na minha cabeça, e sinto seu hálito quente no rosto. Com cheiro de carne. Olho para cima por um instante, sob o peso brutal da sua mão. Ele não está mais olhando. Ah, mas o sorriso! Como seria fácil para ele... Só um pouco mais de força com a ponta dos dedos, um giro com o pulso peludo, e meu pescoço estaria quebrado. Olhei-o nos olhos e vi que havia uma vontade trêmula de fazer isso. Porque ele podia.

"– Este é seu irmão? – Ele pergunta num tom de surpresa. Os olhinhos de porco desaparecem no rosto musculoso. – Tem certeza? É mesmo ele?

"– Claro que é – ela lhe responde. – Eu não reconheceria meu próprio irmão? Claro que é você, não é, Podarge, meu querido?

"Eu abro a boca, mas não consigo dizer nada.

"– E você não tentaria – pergunta ele, com a minha cabeça ainda presa à sua mão – me enganar, não é? Com um substituto.

"Ele se aproxima.

"– Bem – diz, alegremente –, meu pequeno substituto, então você é o sortudo?

"Ele me solta um pouco e se endireita. Com seu corpanzil, parece um pouco tolo. Está tentando agradá-la transformando tudo isso num joguete. E por que não? Ela também é só uma criança. Ela tem de ir – outro prêmio de guerra – como um presente para seu amigo Télamon, e ele lhe disse que ela poderia ter, como um presente para si própria, o que quer que escolhesse, qualquer coisa que fizesse seus olhos brilharem – na esperança de que ela escolhesse alguma joia reluzente, uma quinquilharia para pendurar no pulso ou um escabelo de marfim de Punt, um espelho de bronze para lhe refletir o sorriso. Mas ela é filha de Íficles. Ela o conduzira até a horda de crianças nojentas e choronas, procurara no meio delas e me escolhera.

"– Bem – diz ele, a mente refletindo lentamente –, eu lhe prometi o que você escolhesse. Se é isso o que quer, pegue-o e deixe que ele seja o que você diga que ele é, seu irmão ou um substituto anônimo qualquer, que me importa? Mas como ele vai ser um presente meu para você, e para mostrar que sou um homem de palavra, deixe que seu nome, de hoje em diante, seja Príamo, o príncipe pago, o presente dado para comprar seu irmão do meio dos mortos. Assim, sempre que ele for nomeado, é disso que se lembrará. Que, até que eu lhe permitisse escolhê-lo entre estas crianças nojentas, ele era um escravo como qualquer outro, uma coisa inominável, sem outra vida diante de si a não ser a sujeira e o suor da vida de um escravo. E no recanto do próprio coração, *isto*, apesar de todos os grandes títulos que os deuses lhe derem, é a vida que ele continuará vivendo dia após dia, até o seu último suspiro.

"Ele estreitou os olhos, colocou as enormes e pesadas mãos sobre a minha cabeça novamente, mas dessa vez com uma delicadeza fingida, como se estivesse me abençoando.

"– Príamo, o príncipe pago. O substituto ou fingidor. Um dos grandes da Terra. Mas somente por omissão. Porque isto agrada a sua beleza, princesinha, escolhê-lo, e a minha, ao dá-lo para você.

"Era tudo zombaria, sabe? Por mais criança que eu fosse, conhecia a zombaria quando a ouvia, em seu desdém abjeto. Essa espécie de nobreza baixa e traiçoeira era tudo de que Heracles era capaz. Afinal, ele próprio era um fingidor. Somente um semideus, e isso também por concessão e omissão.

"Mas sua concessão lhe basta. Pouco me importava que eu fosse um príncipe morto, eu me agarrei à segunda chance que eles me ofereciam e sob a qual eu renascia, sendo chamado por outro nome. Os deuses haviam demonstrado piedade. Sentado novamente no trono do meu pai, herdei suas terras, seus aliados, casei-me com você, minha querida... Mas um final feliz? Ah, sei o que a *história* diz. Mas, depois daquelas horas sendo apenas mais um entre vários – aqueles para os quais não houve reviravolta milagrosa alguma, que continuariam aguardando na sujeira e no calor e que seriam levados a uma vida toda de escravidão –, não me senti renascido. Havia vivenciado algo que jamais poderia apagar ou esquecer. O que significa para você respirar pela boca de outra pessoa, ser um daqueles que jamais terão uma história para ser contada? Depois de brincar um pouco comigo e me mostrar o que ele tinha poder de fazer, os deuses tiveram misericórdia. Eles me permitiriam, a seu modo semi-interessado e justo, cuspir minha porção de bolo de papoula embebido em vinho. Mas eu fora longe demais no caminho de volta, entende? Tenho aquele cheiro em mim, aqui na minha mente, mas também – posso sentir o cheiro agora – nas axilas, nas mãos..." E seu nariz afilado se retorce, enojado.

– Príamo, por favor – Hécuba põe as pontas dos dedos nos lábios dele. – Essas coisas são tão horríveis...

– Mas elas acontecem – insiste ele. – E não apenas para outras pessoas. O que lhe contei aconteceu *comigo*. Eu estive em meio a tudo isso.

Ele a vê tremer.

Hécuba está confusa. Ele também a assustara. Ela se ressente por ter sido levada tão para perto do que não quer saber nem pensar. Naquele momento, ao lado de Príamo, mesmo em imaginação, numa multidão de crianças sujas, gemendo – as crias, como ele mesmo disse, de mascates, prostitutas, empregadinhas –, ele não deveria ter lhe pedido isso. Não deveria tê-la arrastado para lá, de modo que Hécuba também tivesse aquele fedor nas narinas.

Escondendo a repugnância que sente, ela mais uma vez lhe dá toda a atenção, mas com um temor real agora do humor que se apoderou dele e dos lugares talvez ainda mais sombrios para os quais ele pode conduzi-la.

– Então – retoma ele, mas com uma ironia em seu tom de voz que ela reconhece (ela já ouvira aquilo várias vezes antes, mas só agora percebe a força) –, fui renascido. Quando entrei novamente no meu antigo lugar no mundo, foi de um modo fantasmagórico e com um novo nome. Como um substituto. Daquele principezinho Podarge, do qual nada mais se ouviria ou saberia. Exceto que *eu* o conheço, eu o vivi nos seis primeiros anos da minha vida. E muitas vezes mais, nas trevas dos meus pensamentos, como *ele* previu, desci aos subterrâneos e o busquei, busquei aquela criancinha apavorada. Para perguntar se ela não teria alguma mensagem para mim, já que sofreu minha primeira morte.

"Um rei, como você sabe, tem de agir com total segurança do que os deuses o mandaram fazer, seu lugar elevado no mundo. Ele age na esfera – que também é seu reino – do que é visto. Mas no meu caso a dádiva foi duvidosa. Foi dada e depois tirada, e, somente numa brincadeira, restaurada mais uma vez. Em mim, a segurança, aquela tranquilidade inata, me faltava. Bem, este é o *meu* caso. Nunca contei isso até hoje, nem mesmo para você, minha querida – embora tivesse esperança de que você às vezes imaginasse –, e espero que aos outros, ao menos, não tenha dado nenhum sinal de que existe isto, esta *falta* em mim. Para o público, sempre fui o que pareci ser. Esta é a disciplina dos reis. Mas, para conseguir isso, tive de ser mais rígido do que os demais. Um pouco meticuloso, eu sei, em tudo o que se referia às cerimônias. Um homem formal, como dizem. Que dá forma, que rege.

"Tudo isso pertence a uma visão de fora. Mas existe também uma visão interna – e ele se deita em silêncio por um instante, como se para essa visão não houvesse palavras, assim como não havia forma visível, e como se Hécuba tivesse de se contentar com o que era capaz de sentir por meio do silêncio dele.

"Bem, como disse, nada disso se refere a alguém além de mim, e tentei jamais demonstrar nada disso. Não é da conta de ninguém o que sinto em qualquer momento na minha personalidade – se estou com dor de dente ou com o estômago inchado por comer pêssegos demais, ou ainda se estou com raiva ou impaciente ou desejoso –, desde que me sente imóvel e preencha um espaço para o qual os outros possam olhar com reverência. Até agora, quero dizer, já que criei uma boa fantasia. Somente *eu* sei o que custa *estar* nesta posição. Viver fingindo como uma ervilha dentro de uma casca dourada da minha... estonteante importância. Nunca, nem por um momento, hesitar ou parecer frustrado, nem deixar que o efeito impressionante seja abalado por algo como o tremor de uma pálpebra ou – deus me livre! – um bocejo. Ou, nestes últimos dias da minha velhice, pelo tremor das mãos. Interpretei meu papel e tentei não deixar transparecer nada do homem de verdade que se escondia sob tanto vazio reluzente.

Fiz isso para desafiar os deuses e também como uma reverência temerosa a eles. Em desafio ao fato de que a primeira escolha deles, há tantos anos, foi contra mim, assim como talvez eles tenham novamente se voltado contra mim uma segunda vez nesta guerra, de modo que agora tenho de ser resgatado mais uma vez – resgatar a mim mesmo, assim como a meu filho. Indo até Aquiles, não num cerimonial como o que represento simbolicamente, e sim despido de todas as distrações brilhantes e disfarces, como *eu sou.*"

Ele se senta com as mãos enfiadas entre os joelhos, de repente cansado. Hécuba também está em silêncio. Por fim ela põe a mão cuidadosamente sobre o seu ombro e diz:

– Por agora não falarei mais disso. Vá se banhar. Enquanto isso, enviarei um servo para convocar nossos filhos e o mais sábio dos nossos conselheiros. Explicarei seu plano a eles. Vejamos o que *eles* têm a dizer disso.

Uma hora depois, os filhos de Príamo, suas muitas filhas acompanhadas de marido e todos os conselheiros estão reunidos no pátio interno no palácio. Estão nervosos, intrigados com a novidade dessa convocação no fim da manhã e com as notícias que o rei disse que dará.

Apenas nove dos príncipes reais são filhos de Hécuba. O restante, entre eles um ou dois dos preferidos de Príamo, são filhos de outras princesas ou são bastardos, ainda que ostentem o título de príncipe.

Antes, havia uns cinquenta deles. Aqueles que restaram, salvos por Heleno, que é um sacerdote dedicado, são o que Príamo, em seu humor mais ferino, chama heróis dos banquetes e bailes; gordos e flácidos na maioria, com modos delicados de cortesãos e olhos de cortesão para os erros alheios, além de um talento muito prático para sussurrar no ouvido do pai um fato inocente ou uma mentira que fará mal a seus rivais. Porque esses príncipes, mesmo tendo um inimigo comum às portas da cidade, estão divididos em facções, todas muito temerosas umas das outras. Só em parte isso tem a ver com política. A outra parte tem a ver com a rivalidade entre as esposas. Ansiosos agora para ver em que tipo de ânimo o pai se encontra, eles se viram, como sempre, para Hécuba.

Ela entra e, imediatamente, começa a falar baixo para Heleno – um mau sinal – e depois avança, como se estivesse se divertindo, entre cada uma das esposas. Com o mesmo cuidado de sempre para dar a cada qual a mesma atenção fria e sem afeto nenhum. As esposas a temem e isso dá prazer a Hécuba, que conhece as mães das princesas todas e seus modos, aquelas mulheres que em casa podem ser exigentes e mesmo intratáveis, mas se desmancham quando essa mulherzinha ereta profere suas desconcertantes dúvidas, sem indicar, no sorriso, o que pode estar pensando da resposta.

Hoje, Heleno também está em movimento, consultando-se brevemente com Dêifobo e Paniamo à parte e olhando por sobre os ombros para saber quais dos outros estão observando.

Enquanto isso, Príamo fica isolado e quase esquecido, até que Polidoro, que ainda é pouco mais que uma criança, um menino animado e atlético, com cachos pretos e sobrancelhas que se juntam no meio da testa, lança-se ousadamente e cumprimenta o pai com muito entusiasmo e sem timidez nenhuma com um beijo, o qual Príamo, quando se recupera, retribui.

Os demais, um depois do outro, fazem o mesmo, cumprimentando o pai e recebendo sua bênção, ainda que não o beijem, como fez Polidoro. Pelo menos externamente respeitosos, eles se sentam para ouvir.

Mas quando ouvem, com desespero crescente, o que o velho tem em mente, enchem-se de um temor que transborda à medida que as dúvidas se disseminam entre eles, numa preocupação sincera. Como ele teve tal ideia? Ela contradiz tudo o que conheciam dessa pessoa circunspecta e cautelosa que chamam de pai. Desafia tudo o que eles exigiram do homem, pai ou não, que também é seu rei.

Um rei cujos estábulos são invejados por todos os príncipes do mundo conhecido não viaja numa carruagem puxada por *mulas*. Um rei não negocia pessoalmente. Tem um mensageiro para fazer isso por ele, numa voz habilidosa e imponente, profissionalmente treinado na divulgação das exigências e na leitura das proclamações.

Eles se viram uns para os outros, todos agitados e ansiosos para objetar, mas ninguém está disposto a enfrentar o temperamento do pai e ser o primeiro a falar.

É Dêifobo, o mais ameno e eloquente entre todos, que finalmente se expressa.

– Meu caro senhor – começa –, sabe o que meu irmão Heitor significava para mim. Como éramos íntimos. Como, dentre todos os meus irmãos, ele era o mais querido para mim, assim como acredito que eu era para ele. Não há perigo nenhum que eu não enfrentaria para trazê-lo de volta para casa, meu senhor, e para os braços da minha pobre mãe.

Sim, sim, pensa Príamo, isso é bem verdade, mas o que você fez a mais do que os outros? Bateu no peito, sujou os cabelos de terra, chorou um pouco. Você é jovem e durão. Até mesmo um velho como eu é capaz de fazer isso.

– Senhor – continua Dêifobo –, pai, este seu plano não apenas é novo e nunca foi tentado; ele não apenas põe sua preciosa vida em risco, mas também o expõe ao insulto – e isso, eu sei, o senhor valoriza tanto quanto a própria vida, a sua imagem real. O senhor imagina mesmo que um homem que não respeita o cadáver do inimigo, mesmo diante das leis do comportamento honrado dos homens e dos deuses, que no êxtase do seu orgulho e ira, em sua loucura, viola diariamente o corpo do herói mais nobre que o nosso mundo jamais conheceu, o senhor acredita que um homem assim não se deleitará em arruinar sua imagem real, reduzindo-a a pó? E se ele o mantiver preso? Mantiver preso o espírito sagrado da nossa cidade, que vive em cada um de nós? Não digo nada sobre o tesouro que o senhor carregará consigo. Isso é apenas matéria, metais, ainda que delicadamente trabalhados. É dispensável. Mas o senhor, meu pai, é um tesouro que não podemos nos dar ao luxo de perder. O senhor é o que importa para nós.

"Senhor, por toda a sua vida o senhor foi um rei. Desejos e necessidades e sentimentos ordinários não lhe são conhecidos – sei disso, o senhor é meu pai. Mas o senhor não tem, não *pode* ter, em seu papel de realeza, nenhuma participação nisso – essas coisas não fazem parte da sua esfera real. E o senhor agora pretende comover Aquiles apelando para os mesmos sentimentos das pessoas comuns das quais, por toda a sua vida, fez questão de se manter afastado?

"Eu lhe imploro, senhor, que tenha paciência como o restante de nós. O senhor acredita mesmo que Heitor, que era tão orgulhoso, que o amava e se preocupava tanto com sua dignidade real, que lutou e perdeu a vida para que ela fosse preservada, agradeceria a seu pai por se lançar aos joelhos do seu assassino como um simples *humano*, jogando toda a glória de Troia no chão? Ele choraria, meu senhor, assim como eu chorarei..."

E assim Dêifobo, incapaz de continuar, desfez-se em lágrimas e se virou.

Príamo abaixou a cabeça. Quando a levantou novamente, seu olhar era circunspecto, mas os olhos, apesar de todo o poder da emoção neles contida, estavam secos.

– Dêifobo, você fala comigo como um filho e sinto muito que minha ideia o ofenda ou o envergonhe. Já vivi bons sessenta anos agora para refletir sobre o esplendor e as limitações do que significa ser um rei. Você fala, também, como irmão. Sei em que medida você amava Heitor e como você foi terrivelmente afetado pela perda de um homem que todos reverenciávamos e do qual dependíamos. Você me pede para ficar, como sempre fiquei, a uma distância real do humano, do qual, em meu papel de rei, como você diz, não posso fazer parte. Mas também sou um pai. Será que já não é hora de me expor finalmente ao que é meramente humano? De aprender um pouco o que isto significa e o que é suportar isto como os outros suportam? Sei que sou um velho, com um corpo frágil e doente para me aventurar a esta altura da vida num mundo de acasos e incidentes. Mas, como você sabe, também sou teimoso e não sobrevivi tanto tempo sem demonstrar um pouco de força. Talvez esta... – e ele olha rapidamente na direção de Hécuba – seja a hora de mostrar minha força.

Cassandra está presente, pálida e parecendo distraída, mal prestando atenção. Os irmãos se voltam para ela agora, na esperança de que o pai, que adora a pobre criatura iludida, acabe por ouvir a filha.

Mas Cassandra não tem nada para dizer. Sua deusa se retirou. Ela não mais a visita nem a inflama. Entorpecida pelo sofrimento com a morte do irmão Heitor, ela sente apenas indiferença para o que está acontecendo ao seu redor; até mesmo para o que está acontecendo, ou o que está prestes a acontecer, a ela mesma. Como se tudo isso já tivesse ocorrido há muito tempo para ter qualquer consequência. Quando os irmãos olham em sua direção – aqueles irmãos que certa vez riram de suas visões marcantes –, ela balança a cabeça e permanece calada.

Por fim, ninguém mais parecendo disposto a se manifestar, Polidamante se apresenta. Não como um dos filhos de Príamo, nem como um de seus genros, e sim na condição de um dos troianos mais sábios.

– Meu senhor Príamo – começa ele –, o senhor sabe a reverência e a grande afeição que tenho pelo senhor. Em primeiro lugar, por causa do meu querido amigo Heitor, porque sempre pensei nele como irmão e no senhor, portanto, como um segundo pai. Além disso, e porque em toda a minha vida o que mais me importou foi a ordem e, desde que tenho vivido neste mundo, o senhor é o grande mantenedor da ordem entre nós; ninguém é mais piedoso e meticuloso no que se refere aos deuses e também a nós, seus súditos, que olham para o senhor como a fonte de tudo o que mantém Troia civilizada e justa. Mas isso, meu senhor, é o limite do que temos o direito de lhe pedir e de tudo o que os deuses podem lhe exigir. Eles o fizeram rei. Um espírito adequado de realeza e postura é tudo o que eles, ou nós, podemos exigir do senhor, e tudo, nestes tempos tristes, que o senhor precisa pedir a si mesmo.

"Eu lhe imploro, senhor, poupe-se dessa empreitada. Pelo afeto que todos temos pelo senhor, não se exponha aos perigos da guerra e das estradas, ou à indignidade que Aquiles ou qualquer outro grego possa querer lhe impor. Considere sua idade avançada. Dispense-se desse trabalho desnecessário."

Príamo reflete sobre o homem. Ele está feliz com o que Polidamante lhe disse. Também está feliz porque ele lhe dá algo para responder, algo que o fará esclarecer seus motivos para realizar aquilo a que está determinado.

– Obrigado, Polidamante. Você é muito generoso em suas honras, mas sou grato. O que você tem a dizer sobre ordem e realeza lhe confere crédito. Se rejeito seu conselho, não é porque não o valorizo. Eu o valorizo. E valorizo *você*, não só porque era um grande amigo do meu filho e sei que ele o amava e o ouvia.

"É verdade que os deuses me fizeram rei, mas eles também me fizeram homem, um mortal. Deram-me a vida e tudo o que a acompanha. Tudo isso é bom. Mas tudo isso também é horrível, já que tudo o que sabemos é que perderemos o que é verdadeiramente bom para nós. Os próprios deuses não sabem nada disso e, quanto a isso, talvez eles nos invejem. Mas não no fim. Porque, no fim, nós nos resumimos ao que o tempo, a cada batida do coração e em todos os momentos da nossa vida, está aos poucos realizando: a morte que carregamos em nós desde o princípio, desde a primeira vez que respiramos. Somente nós, humanos, sabemos, porque somos dotados de mortalidade e também de consciência, o que significa reconhecer todos os dias a diminuição do nosso vigor e juventude; a decadência, à medida que os músculos se tornam flácidos nos braços, a perna fraqueja e a visão diminui; a decadência de qualquer vigor do qual um dia fomos dotados. Bem, tudo isso *acontece*. É isso o que significa ser um homem e mortal, e, como homens, aceitamos isso. Mais difícil é aceitar o que se segue a isso.

"Um dia a guerra estoura e a situação exige força mental e física, um olhar ágil e pés e mãos ágeis. Um velho não tem papel no combate, exceto o de ser um espectador ou observador passivo. E se tudo dá errado, se a cidadela é derrotada e os assassinos a invadem – homens cujo sangue ruge como um leão dentro deles, que vão de casa em casa, furiosos, procurando mulheres e crianças para matar e velhos frágeis e espectadores atrás dos quais correm e estraçalham –, não significará nada, nada mesmo, se um desses velhos frágeis for um rei. Quando os cães disputam uns com os outros em frenesi para comer-lhes as entranhas, quando eles roem os crânios e os pés desfigurados e rasgam sem vergonha as partes íntimas do velho, a fonte de tantos filhos e filhas nobres.

"Uma das principais preocupações de um bom rei é a imagem que apresenta e principalmente, à medida que envelhece, a imagem que os homens guardarão dele depois que ele morrer. É com isso que estou preocupado agora, nestes últimos dias do meu reinado.

"Não posso impedir o que talvez esteja prestes a ocorrer. Que eu me apresente, como devo, aos deuses. Se a última coisa que me acontecer for ser caçado na minha própria cidade, arrastado pelos pés e despido e humilhado, que assim seja. Mas não quero que o que perdure de mim seja uma imagem triste. A imagem que quero deixar é uma imagem viva. Ou algo tão novo que, quando os homens mencionarem meu nome, este feito sobressaia para sempre como uma prova do que fui. Um gesto, nestes dias terríveis, que até mesmo um velho pode desempenhar, que somente um velho *ousaria* desempenhar, alguém de quem agora nada se espera de relevante e jovial. Quem pode ir humildemente, como um pai e homem, até o assassino do próprio filho, e lhe pedir, em nome dos deuses e diante deles, que lhe devolva o corpo do filho morto. Para que a honra dos homens não seja jogada na lama.

A voz de Príamo silencia e ele se vira para esconder as lágrimas. A mão de Hécuba está ali para confortar o marido. Os demais estão também emocionados. E eles veem, assim como Hécuba vê, que não há sentido em argumentar mais. Por mais tolo que o plano do velho seja, eles só podem concordar e deixá-lo fazer as coisas a seu modo.

Começo da tarde. Príamo, já trajando o manto branco simples da sua visão, com Hécuba ao seu lado e a cabeça pendendo um pouco, está sentado sob uma cobertura no jardim. Ele espera, enquanto Hipotus e Dius, dois de seus príncipes reais, supervisionam a preparação da carruagem. Heleno fora enviado para reunir os objetos preciosos do tesouro, os caldeirões, pedestais, armaduras e o restante que fará parte do resgate de Heitor.

Por fim, com uma algazarra de aprovação da multidão, Hipotus e Dius reaparecem, e uma carruagem com quatro rodas surge, um veículo novo, com as marcas da enxó ainda visíveis na madeira. As rodas, com doze raios cada, são cuidadosamente entalhadas e pintadas e uma cobertura treliçada recobre a carreta. Tudo feito pelos melhores artesãos.

Atrás, servido por dois cavalariços, caminha o mensageiro real, Idaeus, vestido com simplicidade e esplendor, usando os trajes reais; e, com ele, numa impressionante cavalhada, a carruagem cerimonial de Príamo, com dois cavalos puros-sangues entre os cabos, criaturas elegantes, de passos altos, com músculos e temperamento fluidos, as crinas enfeitadas com tranças de ouro.

Príamo imediatamente se revolta. Levanta-se com rapidez, e a princesa, que sabe como ele fica quando está enfurecido, recua.

– Vocês são surdos? – grita. – Nenhum de vocês me ouviu falar? Ou sou tão velho e frágil agora que vocês não se sentem mais na obrigação de prestar a menor atenção ao que digo? Pedi uma carroça, uma carroça simples com uma mula, não esta... carruagem carnavalesca! Vocês fizeram isso porque ainda estão pensando como antigamente. Eu lhes disse, *tentei* lhes dizer, que minha visão era completamente nova. Agora ouçam. Vão ao mercado e comprem uma carroça comum, como a que um homem usa para carregar lenha, tijolos ou feno. As mulas têm de ser fortes e o condutor também, mas não é preciso nada além disso. Nenhuma carruagem, nenhum cavalo. Viajarei no banco da carroça ao lado do condutor. Agora, desta vez, tragam-me exatamente o que lhes pedi. Não pedirei novamente!

E foi aquilo o que apareceu no pátio do palácio, não muito depois: um homem gorducho de mais ou menos cinquenta anos, de ombros fortes, cabelos eriçados, barba acinzentada de camponês aparada curta, com espada; um carroceiro que tinha a reputação entre as pessoas do mercado de ser confiável o bastante, mas que, quando bebia uma ou duas doses, ficava louco; era também proprietário de duas mulas pretas fortes. Seu nome era Somax.

Os nobres, que descobriram o homem esperando para ser contratado no mercado público, garantiram-lhe que ele não havia feito nada de errado e que não era por causa de nenhum crime que o estavam levando, com seu manto feito em casa e sandálias quebradas, ao palácio onde pessoas da realeza já estavam reunidas.

Trabalhador simples, ele não tivera experiência nenhuma com nobres até então. Ficou impressionado com a limpeza deles, com a brancura de tudo o que havia ali. Os braços, pescoços, os rostos das mulheres e também de alguns dos homens, que pareciam jamais ter visto a luz do sol. As colunas, as paredes de pedra polida, a calçada sem nenhum pedaço de palha à vista. Os pavões de peito estufado que rodeavam o chafariz em formação como se tivessem sido treinados para isso, molhando o bico na água.

Surpreende-o também a altura desses troianos. E suas vozes, que são finas e desafinadas, diferentes da sua própria e das vozes dos homens entre os quais vive.

Ele abaixa a cabeça e estuda a calçada sob os pés. Sabe que está aqui não por si, mas por causa das mulas e principalmente da menor delas, que, no momento em que os nobres adentraram o mercado público, lançou um olhar para um dos príncipes, como faz com todo mundo – ela é encantadora.

Uma criaturinha preta, de lombo forte, mas também delicada, sua natureza vencedora tem muito a ver com sua inteligência, que está lá para que todos a vejam, e com o fato de que ela nota as pessoas e reage de modo vívido ao interesse delas. Beleza, ele a chama. O carroceiro mesmo a criara, persuadindo e conversando calmamente com ela, recompensando-a com migalhas na palma da mão, coçando-lhe as orelhas e sussurrando pequenos segredos para ela.

Na taverna que frequenta para ter um pouco de companhia, para ouvir uma ou outra piada e para fugir, em delírio, da dureza da sua vida, ele fala com tanto carinho e tanto sobre a mulinha que os homens riem com todos os tipos de sugestões grosseiras, mas brincalhonas; e é verdade, ele é um pouco apaixonado pelo animal.

Então é a mula o que o trouxe aqui e por causa dela o carroceiro agora está no palácio real, num pátio cheio de princesas e suas amas, na verdade com medo, sob tantos olhares, do que se espera dele. Ele não reconhece, a princípio, o velho vestido com simplicidade num manto branco, que se levanta da poltrona, aproxima-se e o avalia atentamente. Ele vira o rei Príamo somente a distância, um ser imponente, alto e com membros compridos, muito ereto e rígido em sua carruagem – nunca frente a frente desse jeito. Somax se surpreende ao perceber como o rei parece velho. Como o rosto está flácido e marcado pelas rugas, e os olhos, fundos e leitosamente claros, sob as sobrancelhas brancas.

– Então – diz Príamo finalmente. – Eles lhe explicaram o que vamos fazer?

O homem faz que sim. Ele não sabe como se dirigir ao rei e tem consciência, entre tanto sotaque e a língua presa, do som gutural das suas palavras.

Lança um olhar de súplica para os dois nobres, que franzem a testa mas o ajudam.

– Explicaram – tenta o carroceiro. – Devo conduzi-lo até o acampamento dos gregos.

O rei se aproxima ainda mais. O carroceiro acha que ele talvez esteja sentindo seu cheiro. Ajeita-se desconfortável e ergue os ombros sob o manto largo demais. Seu nariz coça e ele sente uma vontade terrível de coçá-lo, mas resiste. Tudo isso, pensa, juntamente com o cheiro, o velho, que se aproximou ainda mais, está avaliando e julgando. Por fim, sem alterar sua expressão, o rei se vira para encarar a princesa.

– Gosto da aparência deste homem – anuncia com voz clara, e todos os membros da corte lhe lançam um segundo olhar e batem palmas, mas de modo contido e formal, com um som tão baixo que os pombos mal se incomodam enquanto bebem água e vagueiam.

Somax tem vontade de rir, mas se contém. Gosta da minha aparência, ele? Bem, que coisa incrível! Ele pensa no que os companheiros da taverna terão para dizer sobre isso. Ao mesmo tempo, uma das princesas faz um gesto e, com um rangido e chiado que se destaca entre tantas vozes baixas e o gorgolejo e arrulho dos pombos, sua carroça é trazida para dentro do pátio. As mulas erguem as orelhas ao vê-lo e Somax se sente mais seguro, mais à vontade em seu corpo e com o espírito mais leve na presença dos animais.

Príamo, enquanto isso, avalia o homem de aparência rude que será sua única companhia na jornada e se convence novamente da correção do seu projeto. O carroceiro se parece muito com a imagem em seu sonho.

Durante os cinquenta anos de seu reinado, o mensageiro que serviu a Príamo em todos os cerimoniais, para cuidar da equipe real e erguer a voz e falar por ele quando era necessário, foi o velho arauto chamado Idaeus, e o homem que surge ao seu lado parece agora o mesmo Idaeus que ele nunca precisou chamar. É o posto e o nome o que importa, não a pessoa, e é sob a luz dessa identificação do nome com o posto e a continuidade do posto no nome que Príamo, que já tomou uma decisão ousada, é levado a tomar outra decisão.

Ele se vira para o carroceiro e, numa voz que se pretende íntima em vez de autoritária, mas alta o bastante para todos ouvirem, anuncia:

– Mais uma coisa. Estou acostumado, em todas as ocasiões em que saio do meu palácio, a levar um mensageiro comigo. Ele se chama Idaeus. Como você será minha única companhia nessa jornada, é assim que pensarei em você e é assim que você, meu caro, pensará em si mesmo. De agora em diante seu nome é Idaeus.

O carreteiro lhe lança um olhar, acreditando que deve haver alguma coisa naquele pronunciamento que ele não conseguiu entender. Ele bufa, coça o nariz vigorosamente com as costas da mão, estreita os olhos com a fronte franzida, na esperança de vislumbrar alguma espécie de pista da reação da multidão.

Há certa agitação entre os nobres, um incômodo sutil. Mais uma vez essa disposição por parte do pai deles, de mudar algo num impulso, o que foi há muito estabelecido e aceito, deixa-os transtornados.

Quanto ao carreteiro, que já está longe do seu território agora e se pergunta que loucura, além dessa, aquelas pessoas exigirão dele, pouco pode fazer além de baixar a cabeça e murmurar bem baixinho e sem muito entusiasmo:

– Muito bem, senhor. Certo, meu rei.

Mas, na verdade, não está nada "muito bem" com ele, de jeito nenhum. Seu nome é Somax. Um nome que ele sempre achou cair-lhe muito bem. Somax está à vontade com seu nome, satisfeito, e muito, consigo mesmo, há bons cinquenta anos, um pouco mais ou um pouco menos. Ele lhe garante o ar que entra e sai pela boca; na segurança, depois de uma boa noite de sono, de que o espírito que deixou seu corpo e saiu para vaguear por todos os tipos de lugar sempre encontrará seu caminho de volta para aquele monte específico de palha onde se deita, o reconhece e o adentra. É o nome sob o qual ele se casou com sua amada e se tornou pai de cinco filhos – nenhum deles, aliás, vivo – e sob o qual sempre se apresentou, por mais pobre que fosse, honestamente, e se manteve em boas relações com os deuses. Será que os deuses o reconhecerão, pergunta-se o carroceiro, sob esse novo nome?

Sim, Idaeus! Será que eles não podem achar inadequado, aqueles seres elevados, que depois de cinquenta anos sob uma denominação ele de repente se apresente sob outro nome? Será que eles não verão como uma espécie de presunção, uma trapaça com a alta distinção dos mensageiros e que tais, esta aceitação de "Idaeus" no caso de um homem nascido tão pobre?

Somax bufa. Sente uma comichão sob o manto, como se todos os seus piolhos se agitassem e se movimentassem. Alguma coisa sobre a vida que ele vivera esses anos todos, as provações, as perdas que sofrera e o modo como se obrigara a continuar e enfrentar tudo, algo está sendo deixado de lado e ganhando outro significado. É o que ele sente.

Assim, quando os nobres, com seus tons de voz afetados e com uma deferência tão desproporcional à sua posição verdadeira que, pensa ele, só pode ser uma forma sutil de zombaria, com um "Idaeus isto" e um "Meu *querido* Idaeus aquilo", começam a lhe fazer pedidos e a lhe dar ordens, ele se sente cada vez mais incomodado e depois, em silêncio, tristemente afrontado.

Talvez ele esteja enganado e não haja ofensa nenhuma naquilo; eles estão simplesmente agindo de acordo com os desejos do pai e, por mais tolos e efeminados que pareçam, essa é a sua maneira de se expressarem. Mas o carroceiro se irrita do mesmo jeito e intimamente, ao menos, fecha os punhos. Contém-se virando-se para as suas mulas, que pacientemente, em meio a tanta agitação, esperam dele como sempre alguma indicação de para onde devem se dirigir. Uma se chama Beleza, e a outra, Coice, ainda que não haja razão nenhuma para que qualquer pessoa ali fique sabendo disso, e ele decide, num espírito de resistência silenciosa, manter os nomes dos animais para si mesmo.

Enquanto isso, pilhas de tesouros são trazidas: caldeirões de cobre e pedestais, vasos, urnas, cálices, armas e armaduras cerimoniais; alguns – os caldeirões, por exemplo – são tão pesados que exigem que dois servos coloquem a peça sobre a carroça. Aos poucos, o veículo, que até agora não conhecia nada, pelo que o condutor disse aos nobres, além de lenha ou couro ou feno, está cheio de objetos preciosos.

Aos observadores, enquanto o tesouro é reunido peça a peça, é como se o que está ganhando forma ali, em todas as suas reluzentes partes, é um corpo – o corpo do querido parente deles, Heitor, pelo qual, em seu coração, cheio agora da esperança que nasce do desejo, o tesouro já foi trocado.

Por fim, quando tudo está pronto, Hécuba manda seu servo pegar um jarro de água limpa e um cálice de vinho para uma oferenda.

Ela mesma pega o cântaro das mãos do servo e, quando Príamo enrola as mangas do seu manto branquíssimo, molha as pontas dos dedos e as seca com um pano, entrega-lhe o cálice, e ele ora em voz alta. Erguendo o rosto para onde os deuses, de sua corte nas alturas, estão olhando, ele deixa que algumas gotas do vinho doce sejam derramadas na calçada e ora novamente.

O carroceiro, observando tudo de cabeça baixa, está impressionado pela solenidade da ocasião, mas aquilo tudo demora demais. Seu nariz começa a coçar. Por fim, a tensão é interrompida e alguém nota, lá no alto e sob nuvens finas, um pássaro planando com as asas abertas no azul do céu.

Hummm, pensa o carroceiro, um falcão. Pairando nos céus bem aqui em cima, à procura de um ninho de camundongos nos sulcos da terra, ou um *hamster* distraído ou ainda um rato.

Mas, estimulado por sua mãe, o sacerdote Heleno chamou o pássaro de águia. O carroceiro ficou surpreso com isso, embora ninguém mais tenha parecido se importar. Todas as pessoas levantaram os olhos, e o murmúrio que encheu o pátio foi uma expressão de maravilhamento e alívio.

Claro para que todos vissem, o emblema e mensageiro de Zeus pairava lá, imobilizando esses poderosos representantes de Troia e os milhares de cidadãos do lado de fora do palácio, na cidade e nos vilarejos e províncias mais distantes, na rede trêmula de atenção e preocupação celestial.

Todos os dias, na alvorada, o povo de Troia se reunia nas muralhas da cidade, junto à colunata diante dos portões e nas ruas largas que conduziam à praça central, para ver o exército troiano com escudos recém-polidos e couraças e capacetes reluzindo, em marcha para o campo de batalha. O desfile deste ou daquele herói entre eles despertava gritos. Algumas das meninas na multidão carregavam flores e avançavam para lançar as pétalas em seus homens preferidos. Havia risadas quando as pétalas vermelhas atingiam o peito do guerreiro. O clima estava ficando mais quente e os homens suavam dentro de suas vestes de couro, mas marchavam rapidamente e em ordem. Era um novo dia a ser vencido.

Então, nas sombras do fim da tarde, em mesmo número, embora mais quietos agora, até que a imobilidade fosse rompida pelos gritos de alguma esposa ou mãe, a multidão se reunia uma segunda vez para ver os defensores, todos marcados pelo suor e sujeira, ou envoltos em curativos ou sangrando, as tropas de volta para casa. Alguns – muitos – são carregados em redes levadas por amigos e camaradas, gemendo ou já em agonia de morte.

Outros, apoiados nos ombros, chamam pela família, amigos ou vizinhos na multidão: "Vejam, estou vivo, ainda estou vivo". Ou, com os dentes rangendo em dor silenciosa, eles pegam a mão de uma esposa ou criança que os acompanha, ao mesmo tempo chorando e rindo a seu lado. Tudo isso até onze dias antes, quando Heitor foi morto e todos os combates entre os dois lados foram suspensos.

Agora, às três da tarde, as notícias se espalham pela cidade e de barraca em barraca no mercado público, anunciando que uma procissão tem início nos portões palacianos.

Trabalhadores com aventais limpos e martelos presos ao cinto descem dos andaimes dos prédios que estão construindo e apontam, porque a cidade ainda resiste, apesar de quase dez anos já à beira da destruição, e casas novas são construídas e as velhas, reformadas ou ampliadas. Apesar dos alarmes e das muitas privações e escassez, a vida na cidade continua. O linho ainda é espalhado para secar sobre os marmeleiros ou arbustos de alecrim. As colmeias têm de ser visitadas todos os dias, e o mel tem de ser colhido das caixas. Os gatos ainda têm de ser mantidos para conservar os ratos longe dos armazéns e dos sótãos onde os jarros de óleo são guardados, a lenha é cortada e reunida em pilhas para ser usada no inverno, trincheiras são cavadas, e cisternas são preservadas para que as chuvas de outono não sejam desperdiçadas e as águas não caiam pelos penhascos sobre os quais a cidade se espalha. Magistrados, suando no calor do fim da tarde, ainda têm de ouvir testemunhas e enfrentar discursos longos de advogados rivais num caso de ataque ou assassinato, já que, mesmo sob a ameaça de um inimigo em comum, os cidadãos ainda brigam e insistem, com uma amargura que não diminui, em disputas e vinganças antigas, e guerras ainda irrompem entre os vizinhos por causa dos motivos mais triviais.

Mas hoje toda essa atividade é interrompida. As pessoas correm pelas ruas e disputam um lugar nas muralhas da cidade. Os meninos deixam de lado suas lutas e brincadeiras e se enfiam entre as pernas dos mais velhos para estar na primeira fila de espectadores; entre velhos, ladrões, vagabundos e preguiçosos de todos os tipos, mulheres com um filho no colo e outro na mão que elas arrastaram aos prantos, vendedores de perfumes, de conservas, de gafanhotos fritos e amêndoas ainda macias dentro de suas cascas verdes aveludadas, comerciantes prósperos e suas esposas que designaram um relutante criado para cuidar das mercadorias enquanto eles correm, gordos e sem fôlego, até o mirante mais próximo.

Às três horas em ponto, uma carroça puxada por duas mulas pretas e conduzida por um homem que a cidade toda reconhece como um simples carroceiro, Somax, filho de Astrogon, avança lentamente pelos portões palacianos e segue colina abaixo, rumo à praça.

No banco ao lado do condutor, com um olhar compenetrado num manto simples branco, está o rei, Príamo, circunspecto e sem rugas na testa, sem serviçais à vista, sem amuletos ou braceletes.

Em cada um dos lados da carroça e também na traseira, sacolejando sempre que a carroça diminui bruscamente de velocidade ou passa por um buraco, cambaleando um pouco enquanto se apoiam um no outro, estão os filhos restantes do rei: Heleno, Páris – a multidão os nomeia à medida que avançam –, Agaton, Dêifobus e Antifobo, Dius, Pamon, Hípoto e o mais jovem de todos, o menino Polidoro.

As mulas puxam a carroça e suam; o veículo está pesado. Alguns tesouros cobertos por um tecido estão na carroça. O condutor está nervoso. Ele está mais agitado do que parece ser necessário para passar com as rodas da carroça por sobre as enormes pedras do calçamento. Príamo, como a estátua de si mesmo à entrada do templo, senta-se rígido, o olhar fixo à frente.

É uma visão tão incomum, tão sóbria, tão despida de todo embelezamento, que a multidão, apesar de todo o bom humor, não sabe como reagir. Ninguém acha que é apropriado dar vivas. As riquezas da cidade estão sendo levadas para um lugar mais seguro no interior do país? O rei os está abandonando?

Eles observam a carroça parar antes do grande portão de madeira, veem a barra ser levantada e o grande ferrolho se abrir.

Das muralhas, a multidão, agitada agora com várias especulações, observa a procissão seguir adiante, até a pedra em meio às ravinas de pinheiro onde, antigamente, antes da guerra, as mulheres troianas costumavam se banhar na primavera. Depois, avançou para o mirante, com sua figueira solitária e assolada pelo vento.

Aqui o grupo parou.

A carroça reclina e, com a águia de Zeus pairando acima deles, pega a estrada que conduz à planície. As princesas, solitárias ou em grupos, viram-se e voltam, curvadas, colina acima.

O que quer que tenha sido aquilo, acabou. Ou, misteriosamente, apenas começou.

III

Quando o sol se punha, a luz começando a diminuir, mas o ar ainda quente e espesso, a carroça chegou ao lugar onde Escamandro, em sua peregrinação vagarosa pela planície, abria dois canais em seu leito de pedras brancas. Um era agitado e leitoso-esverdeado. O outro, mais profundo, de um azul que flui tranquilamente. Ambos eram rasos o bastante nessa época do ano para que fossem atravessados. Arbustos de loendro cresciam aos montes nas ilhotas entre os canais e, no ar, andorinhas, com um piado entusiasmado, voavam em círculos se alimentando de insetos ou deslizando sobre a superfície do riacho.

– Bem, meu senhor – anunciou o carroceiro –, chegamos até aqui em segurança.

Sentindo as articulações duras, o carroceiro desceu do veículo e, sussurrando uma ou outra palavra no ouvido de uma das mulas, prendeu as rédeas ao tronco de uma tamareira; depois, esperou com a mão estendida que Príamo descesse.

Mas o rei, o queixo erguido de modo que a pele flácida da garganta tremia com o esforço, permaneceu sentado.

Pelos deuses, pensou o condutor, ele ficará com uma terrível dor nas costas se continuar sentado desse jeito. O carroceiro coçou a cabeça, sem saber se deveria falar com o rei ou o que poderia lhe dizer para convencê-lo a descer. Ele pigarreou, e o rei, lembrando-se da sua presença, falou, baixinho.

– Obrigado. Apenas ficarei aqui na carroça com o corpo do meu filho.

O carroceiro não entendeu.

Ah, pensou, então é isso. A mente do velho rei, já pensando à frente, passou por todas as dificuldades que eles ainda estão por passar, já chegou ao destino e concluiu a transação. Era o corpo do príncipe Heitor, recém-lavado e embrulhado em linho branco, que ele via reluzindo na traseira da carroça. Bem, claro que isso era besteira, mas totalmente compreensível.

Com muito cuidado, o coração amolecido pela compaixão ao velho, já que ele também era pai, o carroceiro se permitiu fingir que o havia escutado mal.

– Ah – disse ele. – Se o senhor está com medo do tesouro, meu senhor, ele estará bem seguro. A Beleza ficará de olho nele, não é, minha querida?

A mulinha remexeu as orelhas ao ouvir seu nome e virou a cabeça.

O carroceiro riu.

– Está vendo, meu senhor, como ela entende tudo o que lhe digo? Ela é tão boa quanto um cão de guarda. Prometo. Ela não deixará que ninguém roube uma só moeda de cobre, não é, minha querida?

Só então o velho rei percebeu seu erro. Teve vergonha. Parecendo muito frágil e com muito cuidado, ele se moveu para descer da carroça e o condutor, sentindo-se aliviado por ter resolvido um problema que achava não ser capaz de resolver, estendeu a mão para segurar Príаmo. Ele agiu por impulso. Só depois que percebeu como Príamo ficara impressionado por esse toque ao qual não estava acostumado é que lhe ocorreu que talvez tivesse cometido algum tipo de afronta à figura sagrada do rei.

Mas Príamo já havia se recuperado. Longe de se sentir ofendido, ele pareceu grato – pelo menos foi o que o carroceiro achou – pelo cuidado extremoso diante de sua necessidade. Com grande cortesia, ele agradeceu ao carroceiro, e com um ou dois gemidos, mas sem ignorar a dignidade real, permitiu-se descer da carroça apoiado.

– É isso, meu senhor – disse-lhe o carroceiro. – O senhor verá. Teremos uma boa noite de descanso aqui e talvez até um pouco o que comer.

Ele pensou que deveria ter assado aquela leitoa antes, já que não havia comido nada desde o amanhecer.

– Temos sombra para nos proteger do calor e para nos esconder. Ninguém nos verá aqui.

O carroceiro levou o rei pela areia macia até a beira da água.

– É bem fácil atravessar o rio nesta época do ano, embora possa ser difícil em outras épocas.

Enrolando o tecido grosseiro do seu manto nos pulsos e erguendo-o sobre os joelhos, ele deu um passo à frente, com sandálias e tudo, para dentro do rio.

O fundo era arenoso e a corrente, tão fraca e clara que era possível ver peixinhos lá, atentos a essa súbita intrusão em seu mundo, formando um grupo prateado de luz sob a superfície e se aproximando rapidamente para investigar. Agitados e nervosos, eles o cutucaram e o mordiscaram.

O carroceiro, com as mãos nos joelhos, inclinou-se para estudá-los.

– Olá, pequeninos – disse.

Mas os peixinhos já haviam decidido que os homens não eram objetos de seu interesse. Num movimento em conjunto, deram a volta e fugiram.

Com uma risada, o carroceiro acompanhou o brilho que o cardume produzira sob a superfície da água, depois se endireitou e voltou para onde Príamo, parecendo confuso e desnorteado, estava olhando. Ele é como uma criança, pensou o carroceiro, um pouco lento. Ou um homem que anda durante o sono e não sabe para onde está indo nem como chegou lá.

Bem, estava claro que o carroceiro não esperava receber ordens para ir naquela direção. Se seguiriam em frente, a decisão caberia a ele. Mas como o carroceiro deveria lhe falar? Como, ele se perguntava, aquele outro, o *verdadeiro* Idaeus, teria agido? Ele nunca, em toda a sua vida até agora, havia se relacionado com pessoas diferentes dele mesmo, homens que comiam queijo de cabra e alho cru, mulheres que se curvavam para estender algumas peças de roupa para secar num arbusto perto da estrada, crianças seminuas, as cabeças raspadas por causa dos piolhos, que se aproximaram de uma cerca acenando e gritando: "Ei, vovô, para onde você está indo? Por que não nos leva para a grande muralha?". Ele teria de contar com sua esperteza inata e com experiências que são comuns a todos, mesmo que os deuses, em sua sabedoria, nos tenham feito nobres ou homens comuns.

– O senhor se sentirá melhor – tentou ele – se fizer como fiz e descer e molhar os pés um pouco. A água fria não lhe fará mal. Há ainda uma boa hora até o pôr do sol e estaremos mais seguros do outro lado se esperarmos a noite.

O rei parecia espantado, como se sua voz viesse de lugar nenhum. Mas o carroceiro, com mais coragem agora, achou que, já que tinha começado, o melhor era continuar. Subiu novamente no banco da carroça, ajoelhou-se e, como o rei não ofereceu resistência e simplesmente ficou olhando para baixo, para o que ele fazia, como se nada daquilo estivesse acontecendo de verdade, desfez o laço primeiro de uma e depois de outra das suas sandálias, sempre lançando um olhar de desculpas por qualquer coisa que talvez estivesse fazendo de errado ou que, ao seu toque, fosse inapropriado.

Como uma criança obediente, Príamo ergueu um pé e depois o outro até que as sandálias fossem retiradas e colocadas lado a lado num montículo de areia; depois, com um olhar para o carroceiro, que fez sinal para apressá-lo, deu três passos hesitantes em direção ao riacho. Quando, como o condutor lhe havia dito, sentiu o frio restaurador, o rei sorriu, olhou para trás, para o carroceiro, que ainda estava agachado na margem, e fez um gesto afirmativo com a cabeça. Depois, ergueu-se olhando para os pés, que eram muito magros e brancos, enquanto os mesmos peixinhos se aproximaram e o mordiscaram. Príamo observou, achando graça que os animaizinhos considerassem os pés reais tão decepcionantes e desinteressantes quanto os do carroceiro.

Ele era um homem rude, esse companheiro que o rei escolhera sem nenhuma noção, até onde podia notar, do que era apropriado, mas ele realmente sabia como se portar, e havia tanta modéstia e boa vontade no homem, e tanto cuidado no modo como fazia suas sugestões, que Príamo não viu nada de errado com ele. Não lhe faltava reverência, apenas faltava o conhecimento de como a expressar. E aqui, talvez, e no mundo onde o carroceiro vivia, esse meio de se expressar não seria nada útil.

O rei indicou ao homem que ele deveria se sentar e depois também se sentou, feliz, deixando a boa sensação da água limpa e fria se prolongar e estender o efeito benéfico dos pés para todo o corpo.

Seu humor, que até agora estivera marcado pela incerteza e pelo medo do desconhecido, tornou-se mais leve e claro.

Enquanto isso, o carroceiro tirara uma bolsa de couro que trazia pendurada ao ombro e distribuía o conteúdo sobre um pedaço limpo, ainda que roto, de pano.

– Talvez fosse bom – sugeriu ele – se o senhor comesse alguma coisa, meu amo. Não teremos outra oportunidade e temos ainda uma longa jornada à frente. Só um pouco. Para mantê-lo forte.

Príamo fez que não.

O carroceiro concordou. Ele olhou para as coisas boas que havia tirado da bolsa.

Havia azeitonas, pretas como ameixas. Sementes de abóbora. Um monte de bolo de um tipo que Príamo nunca havia visto antes, de um amarelo dourado, e mais ou menos do tamanho de um medalhão. O homem, seu Idaeus, olhou para aquilo tudo, pensou ele, um pouco ressentido. Não havia dúvida de que esse homem estava faminto.

Com grande cortesia, o rei disse:

– Por favor, coma alguma coisa. Os bolinhos parecem bons e eu não faço objeção.

– Bem, é verdade, senhor, eu não comi nada desde o início da manhã e já são quase cinco horas da tarde. – Ele pegou um dos bolinhos.

– Estes bolinhos, agora, já que eles atraíram seu olhar, senhor (panquecas, como algumas pessoas os chamam), foram feitos pela minha nora. Com a melhor farinha de trigo, manteiga boa e espessa e só um fio de azeite. A manteiga tem de ser branca e espessa, para que caia da tigela num fluxo lento. Depois a massa passa por um cilindro de duas pedras quentes. Meu filho, que descanse com os deuses, arranjou as pedras de um jeito novo, por amor, sabe?, para minha nora, para lhe facilitar as coisas, e assim os bolinhos podem assar mais rápido e ficam mais doces. Ele era um homem inteligente, sempre pensando nas coisas. E isso produzia certo efeito, realmente. É um prazer imenso ver a massa borbulhando e assando e ganhando uma cor dourada, como se pode ver, nas beiradas. A leveza vem do modo como a cozinheira a vira. Tem de ser com muito cuidado e rápido. A nora, ela é uma boa moça, usa os dedos – é um truque que se precisa aprender – e, se acontece de ela queimar os bolinhos, ela enfia os dedos na boca assim...

E, para ilustrar, ele colocou um dos bolinhos na boca, quase sem notar que talvez estivesse sob a influência das próprias palavras.

– Hummm, dá para sentir o sabor da leveza! Comi vinte desses bolinhos de uma só vez. Não por gula, senhor, mas pela alegria de levá-los ao coração. O sabor vem da manteiga, mas se deve também, ouso dizer, ao bom humor da cozinheira e à habilidade, o senhor sabe, dos seus dedos ao virar os bolinhos. Disso também é possível sentir o sabor. Mas talvez para isso seja preciso ter estado lá para vê-la fazer isso. Tão rápido e com tanta leveza – e, com os dedos sem quase tocá-los, ele virou o pulso peludo para o ar a fim de dar a Príamo uma ideia do que falava, mas também para reviver as próprias e felizes lembranças. – O senhor tem certeza, meu amo, de que não quer um pedacinho?

Quando Príamo fez que não, o homem disse:

– Bem, então, ao menos, senhor, beba um pouco de vinho. Para umedecer a boca e abençoar a refeição.

Príamo, que percebera, agora que o carroceiro mencionara o vinho, que estava mesmo com sede, e também porque o homem era tão agradável e persuasivo, concordou em beber o vinho, e Idaeus, com um sorriso de felicidade, passou-lhe o cálice.

– Agora, sim – disse ele depois que Príamo bebeu um gole modesto. – Isso não lhe fará mal nenhum.

E era verdade. Príamo bebeu outro gole mais generoso.

– Sabe, senhor, um homem como eu, que precisa de força para seu trabalho duro, tem de saber um pouco sobre o que é bom para o corpo e também para o espírito. Agora, se o senhor me permite uma sugestão, meu amo, para não ficar embriagado por causa do vinho, o senhor realmente deveria comer alguma coisa. Não nos ajudará em nada se no meio do caminho ficarmos doentes e tontos. Um homem precisa ser prático quanto a essas coisas, para ajudar também o espírito, divertindo a mente, senhor, com uma sensação boa e agradável na barriga e nas pernas. Não há mal algum nisso. Quando se leva uma coisa em conta, deve-se levar também a outra. Somos filhos da natureza, meu amo. Da Terra, assim como dos deuses.

Foi assim que Príamo, que realmente se sentia um pouco fraco, mas sem temer que isso comprometesse a pureza de sua missão, permitiu a si mesmo ser convencido e pegou um dos bolinhos com a mão, o qual partiu e provou.

Era muito bom. O que o carroceiro dissera sobre a sua leveza era verdade, e também sobre o efeito do bolinho no espírito. Ele terminou de comer o bolinho, mas recusou um segundo. Contentar-se com pouco era natural nele. Ele baseava certa impressão da sua relação formal com a natureza em não ser tão dependente dela; apesar do que o condutor havia dito, com muita pertinência, sobre seus seres estarem ao mesmo tempo ligados aos deuses e à Terra.

Quando ele se dispôs a empreender essa viagem, já sabia com alguma clareza que estaria se expondo a coisas que desconhecia. Esse era o preço da novidade. Mas, ao se sentar agora com o sabor dourado da panqueca na boca e de outro gole de vinho nos lábios, ele viu que o que era novo também podia ser prazeroso. Sentar-se com os pés na água fria, por exemplo, que corria sobre eles e se distanciava.

Os peixinhos que vinham investigar e diziam: não, não há nada para se comer aqui.

Os volteios e mergulhos das andorinhas, que cresciam tanto em volume quanto em entusiasmo à medida que o dia avançava.

Claro que essas coisas não eram exatamente uma novidade. A água, os peixes, os bandos de andorinhas de cauda partida sempre estiveram ali, vivendo suas próprias vidas e realizando suas pequenas atividades que lhes cabiam realizar, buscando seus próprios objetivos. Mas até agora Príamo não havia tido oportunidade de apreciar tais ações. Não eram coisas que estavam na esfera real. Por serem desnecessárias à observância ou sensação real, estavam à margem, e a atenção do rei permanecia sempre voltada para o que era importante. Ele mesmo. A atividade oficial que era o seu papel interpretar em qualquer evento ou acontecimento, a pose formal que era seu dever manter e fazer brilhar.

Quando ele saía para uma caçada de javali, por exemplo, estava sempre cercado por ajudantes jovens e velhos, alguns a pé, outros a cavalo, cada qual com um papel específico a desempenhar na cerimônia; como batedores ou responsáveis pelos cães, como oficiais da corte encarregados das provisões, como vigias das carruagens que os transportariam, como escudeiros e garçons que arrumariam as mesas na floresta, onde, ao meio-dia, toda a companhia comeria, ou como aquele, especialmente escolhido para a ocasião, cuja honra seria, depois que o javali fosse dominado e trazido à baía, com a cabeça abaixada e batendo os pés e espumando entre as folhas, passar-lhe a lança que ele, o rei, deveria usar – em geral, por conta da fragilidade de seu braço ultimamente, de uma maneira meramente formal – antes que outro homem mais jovem avançasse e realizasse a matança.

Príamo estava simbolicamente no centro, como a formalidade e a sua própria dignidade real exigiam, mas não tinha participação direta na atividade física, em todo o pânico e suor, na corrida entre a vegetação, para onde meia tonelada de um animal em fuga esperava para ser pega, presa e trazida arrastada pelo chão.

O javali lhe pertencia, claro, e no fim do dia lhe era ofertado – ou melhor, ele era ofertado ao javali – e um pouco do sangue espesso do animal lhe manchava a testa. Os homens celebravam com gritos, aplaudindo sua valentia. Tudo muito formal e nada que fosse levado a sério demais. Ele faria uma oferenda às divindades e, com a concordância dos deuses, um pouco da energia do javali, seus músculos quentes e hálito forte, alimentaria o espírito real. Era um mistério. Parte de um mundo de cerimônias, de espetáculos que eram eternos e não tinham nada a ver com a verdade e o mundo imediato, com *esta* ocasião em particular, ou com *este* javali, nem mesmo com *este* rei. Até a paisagem onde tudo acontecia era despida de seus elementos específicos – o tipo e a cor das folhas, ou o dia ensolarado ou misticamente nebuloso, a terra seca ou úmida. A esfera do real era uma representação, um ideal. Tudo o que era meramente acidental – uma tira de sandália que se rompia, o grito de dor do espancador quando a presa do javali lhe feria a carne e o osso e ensopava as folhas de sangue –, tudo isso era para ser ignorado, deixado para trás, na confusão e no reino confuso de tudo o que é acidental e ordinário.

Sua vida toda era assim, ou foi. Mas ali, descobriu Príamo, tudo era como deveria ser. Era isso que lhe parecia novo.

Ser ele mesmo, nem mais nem menos, tudo aparecia à sua frente numa forma que ele mal reconhecia; absorto, separado, ocupado demais com a própria vida de ir de um lado para o outro como a água, ou procurando alimento como os peixinhos e o bando barulhento de andorinhas, importando-se com um velho que vivera entre eles para reinar por algum tempo e morrer.

Era incrível tudo isso, mas não desagradável. No todo, ele se sentiu bem consigo, tanto com seu corpo quanto com seu espírito; confortavelmente restaurado. (Espantou uma nuvem de mosquitos que pareciam especialmente atraídos por seu suor real.) Mas seria aquilo tudo possível, perguntou-se o rei, se ele estivesse na companhia do seu outro Idaeus, o de sempre? Claro que ele seria tratado com muito mais respeito, mas não haveria nenhuma das surpresas que este novo Idaeus lhe proporcionava.

Ele balançou os dedos na água fria e se percebeu rindo. O mais surpreendente de tudo era o modo como o carroceiro se permitia falar, sem nenhum medo de ser considerado um mero tagarela ou falastrão.

O que ele tinha a dizer, se fosse analisado profundamente, era desnecessário. Não havia utilidade nenhuma nisso. Assim, a maravilha era que aquelas palavras faziam tão pouco mal – nenhum mal, na verdade – para a dignidade do homem. Havia alguma coisa ali, pensou Príamo, que ele precisava considerar.

No seu mundo, um homem só falava para anunciar uma decisão que havia tomado ou para expressar um argumento favorável ou contrário. Para agradecer a alguém que lhe fizera o bem, ou repreender, com raiva ou arrependimento, alguém que não lhe fizera nenhum bem. Para elogiar com frases decoradas e apelar à vaidade ou ao orgulho familiar, usava-se uma forma fixa, antiga e aprovada. O silêncio, e não as palavras, é que era expressivo. O poder habitava a contenção. Manter escondida, e assim envolta em mistério, a intenção da verdade de alguém. Uma criança talvez falasse demais até que aprendesse o contrário. Ou as mulheres, na reclusão de seus aposentos.

Mas ali, se você parasse de ouvir, tudo o mais falava. Era um mundo barulhento. As folhas que farfalhavam ao vento. A água que corria sobre as pedras, jorrava e voltava a correr novamente. Cigarras que criavam um estrilo tão agudo e que depois, de repente, paravam, só para que se percebesse mais uma vez um silêncio. Mas não havia silêncio; era um murmúrio, zumbido, sussurro contínuo, como se a presença de cada coisa se revelasse tanto pelo som quanto pela forma, ou por sua maneira própria de se mover ou de ficar imóvel.

Este homem, o carroceiro, por exemplo, este seu Idaeus. O que ele diz, sua maneira agradável de preencher o tempo, não tem nenhuma importância. É cheio de alguma outra coisa. Interesse.

É como se você tivesse se descoberto espiando por uma fenda na parede (interessante, Príamo achou, essa imagem de si mesmo numa situação com a qual ele jamais sonhara) e vendo claramente, por um instante, a vida do homem, seu mundo – e o mundo da nora dele também.

O caso dos bolinhos, por exemplo. Os ingredientes e o dispositivo conveniente que o filho do homem inventara, por simples amor, para facilitar as coisas para a moça que os cozinhava. Nunca lhe ocorreu que a comida que lhe chegava à mesa tão prontamente e em tamanha abundância precisasse de *ingredientes.* Que uma panqueca talvez antes tivesse a forma de uma massa. Aquela massa consistiria de um bocado de farinha e manteiga, e o que você saboreava como algo bom dependia da espessura da massa ou da leveza de quem a fazia. Ou dos dispositivos engenhosos necessários para se fazer que uma coisa tão simples quanto uma mera panqueca existisse no mundo. Ou que uma das atividades às quais um homem prestava atenção, e à qual se dedicava, era inventar esses dispositivos, montá-los, fazendo experiências, aqui e ali melhorando o que já existia para criar algo completamente novo.

Nada disso jamais lhe ocorreu. Nada disso lhe interessava. Agora era diferente. E Príamo olhava para o carroceiro que lhe revelara tais coisas com um respeito cada vez maior.

Ele sabia das coisas. A vida que ele vivera e que de certo modo trouxera consigo era cheia de atividades e fatos que, apesar de ordinários e baixos, tinham certo apelo.

A cor boa da manteiga, por exemplo, que é derramada da tigela: ele gostava da sensação que essa imagem lhe despertava. Até mais do que gostava da imagem da jovem que se abaixava, o manto preso entre os joelhos – mas com graciosidade e modéstia –, para observar os bolinhos; virando-os com muito cuidado, para não lhe queimarem os dedos, e, quando isso acontecia, enfiando as pontas deles rapidamente na boca. Tudo isso era muito vívido e real. Príamo percebia, embora nunca *a* tivesse visto. E será que ele não saboreara, num dos bolinhos que pôs na boca, a leveza da mão da moça?

Foi bom para ele, tudo isso, para seu corpo e espírito. E o rei queria mais.

Queria saber, por exemplo, se aquela moça, a nora, era bem fornida ou não, se era magricela ou gorducha. Quantos anos tinha? Como eram seus cabelos?

E o desejo de completar a imagem, de vê-la mais claramente, levou a algo na verdade muito incomum, com o que o rei não sabia lidar. O desejo de fazer ao homem uma ou duas perguntas que não eram necessárias, que não serviriam para nada, exceto para saciar a vontade que ele descobrira de saber mais a respeito dessas coisas desnecessárias e de satisfazer em si mesmo um novo tipo de vacuidade. Curiosidade.

Mas a pergunta, quando feita, soou estranha, e o rei não mencionou o que realmente queria saber. Era um modo, simplesmente, de fazer que o carroceiro começasse a falar de novo.

– Então – disse Príamo –, você foi abençoado com filhos?

O homem levantou a cabeça.

– Abençoado, meu senhor? – Ele fez que não. – Bem, talvez se possa dizer isso. Abençoado ou amaldiçoado. Na verdade, senhor, tudo o que me resta agora é a nora e a menininha de quatro anos – não, ela completará quatro anos no mês que vem, se os deuses permitirem –, minha neta. Para lhe dizer a verdade, senhor, neste exato momento ela é minha maior preocupação. Se fico alheio às vezes, absorto em meus pensamentos, é porque estou pensando nela, coitadinha, como se faz, meu senhor, quando essas crianças são tudo o que resta do seu sangue. Quando saí para trabalhar nesta manhã, ela estava com febre e naturalmente eu não esperava ficar longe tanto tempo. A esta hora, na maior parte dos dias, eu estaria em casa. Não que eu esteja reclamando. Mas a febre é uma preocupação. É uma coisa terrível ver os corpinhos deles todos quentes e se revirando de um lado para outro, e ouvi-los ofegantes. Parece uma coisa simples para um homem forte e grande como eu – um ofegar. Pode-se pensar que bastaria simplesmente lhes dar o ar da graça, mesmo que isso significasse um pouco de dor no próprio peito. Valeria a pena não ter o medo, a preocupação, sabe, senhor, de vê-los mortos. Mas ela é uma coisinha forte, ah, se é. Barulhenta e bagunceira. Adora se pendurar nos meus ombros e rodar e rodar até que nós dois fiquemos tontos. O senhor deveria ouvi-la gritando. Ela com certeza tem fôlego! Em poucos dias, ouso dizer, ela estará correndo pelos jardins atrás dos pavões. Mas a gente se preocupa do mesmo jeito, é da nossa natureza. Estamos unidos assim, todos nós. Unidos aqui... – E ele fechou o punho e o levou ao peito para bater sobre o coração.

– Certa vez ela caiu no pátio sobre um pedaço de pau, e o sangue que jorrou o senhor não acreditaria poder existir numa criatura tão pequena. Tanto e tão vermelho! Jorrando tão rápido que pensei que nunca pararia. Depois parou, assim como tudo para a seu tempo, como se alguma coisa nela dissesse: "Basta, se as coisas continuarem assim será o meu fim". Que criatura somos, hein, meu amo? Com tanta vida e força e então, *pfff*, tudo acaba. Bem, ela abriu os olhinhos, piscou para nós, riu e, naquele momento, tudo havia passado: restara apenas uma cicatriz de bom tamanho que ainda está lá na testa dela, não se pode ignorar. Mas ficamos mesmo apavorados, vou lhe dizer. Eu tremi todo. Pensei: "Não consigo suportar isso; se alguma coisa acontece a esta pequena, a última com meu sangue..." Não sei o que teria feito se os deuses não tivessem repensado e sido generosos conosco. Mas a verdade é que a gente não apenas se deita e morre, não é, meu amo? Continuamos. Apesar de todas as nossas perdas. Mas estou andando, por mais forte que eu seja, com o coração partido. Meu coração já teria partido – já está quase partido. Minha esposa, que sua alma descanse em paz, deu-me três filhos e quatro filhas e, senhor, nenhum deles ainda vive.

Ele se sentou com os ombros curvados, balançando a cabeça.

– Dois dos meninos chegaram a crescer. Os outros, coitadinhos, morreram cedo, disso e daquilo. Cólica, convulsão, febre. Uma das meninas era tão doente que não conseguia comer. Por sorte tínhamos um filho mais velho que bebia o leite. Os seios da minha querida incharam como melões. Doíam insuportavelmente e ela gritava e gritava de dor, ainda que um pouco desses gritos fosse também de tristeza pela pequena que só ficava deitada como um filhotinho de pássaro com a boca aberta, ofegante. Ela estava faminta e fraca demais até mesmo para sugar um dedo com uma gotinha de leite na ponta. Por isso o menino o bebia.

Mais uma vez ele se afastou com suas próprias reflexões e ficou sentado, pensativo.

– Posso vê-lo agora. Um menino tão animado. Rindo e limpando o leite da boca. Ele era pequeno demais, senhor, para entender o que aquilo custaria à outra. Ele cresceu forte, mas é terrível pensar no fantasma daquela outra por aí, ainda gemendo e faminto. Mas aí é que está! Uma se perdeu, o outro prosperou, cresceu forte como um touro. Não havia nenhum outro moço em toda a vizinhança que fosse páreo para ele na luta, ou para carregar madeira ou feixes de feno nas costas. A força dele estava nos ombros! A parte mais dura do seu corpo. No seu pescoço. Como o tronco de uma daquelas tamareiras.

O carroceiro fez uma pausa novamente e dessa vez tão longa que Príamo teve de lhe pedir, depois de um tempo, que continuasse.

– Ele já não vive, você diz?

– Isso mesmo, senhor, não vive. No fim, sua força causou sua morte. Um vizinho, um homem descuidado e bêbado, atolou sua carroça carregada de lenha, e o menino o estava ajudando a levantar. Ele se arrastou por baixo dela, abrindo caminho por sob os eixos, todos cobertos de lama, e estava tentando levantá-la com as costas, arqueando-se, fazendo força, suando, quando algo se rompeu, alguma coisa dentro dele. Ele gritou, posso ouvi-lo ainda agora. Um grito diferente de tudo o que já ouvi, senhor. Ainda hoje começo a suar só de me lembrar daquele grito. A carroça pendeu com a carga e começou a afundar, com meu filho debaixo dela. Tivemos de tirá-lo de baixo da terra. Ele estava semiafogado na lama – na sua boca, engasgando-o, em seus olhos. Ficou deitado a noite toda, branco como um manto. Depois azul, e foi o fim.

Sentou-se, balançando a cabeça.

– Horrível. Horrível. Vê-lo crescer tanto e tão forte e tudo para acabar assim. Isso cria uma lacuna que não se consegue ignorar. Está lá. Sempre. Um trechinho de uma melodia que ele costumava cantar quando estava se banhando, preparando-se para sair com uma das suas garotas. Seus xingamentos também, até isso. E, claro, havia o trabalho. Quem ocuparia o lugar dele? Foi difícil para todos nós. Às vezes, penso que a mãe dele morreu por causa disso, coitada. Mas ele podia ser um menino difícil algumas vezes. Distraído, do jeito que os jovens são de vez em quando. Tolo. Ele gostava de se exibir. Não havia motivo para ele se enfiar debaixo daquela carroça e fazer aquilo sozinho, exceto para se mostrar para as outras pessoas. Mas isso não é nada além da tolice de um menino. Ele teria amadurecido com o tempo, se tivessem lhe dado essa oportunidade. Talvez eles se arrependam.

Ele levantou os olhos, encolhendo-se um pouco.

– Eu o espanquei uma vez, por maior que ele fosse. Eu lhe pedi para fazer uma coisa, e ele me respondeu com um porquê e, antes que eu percebesse, havia partido sua boca com um soco. Arrependo-me disso desde então. Já desejei milhares de vezes que apenas tivesse ficado lá, imóvel, dizendo a mim mesmo: "Ele é jovem, ele vai aprender, isso vai passar". Será que os deuses não se arrependem também e pensam que foram duros demais e se condoem agora por ver toda aquela força desaparecer do mundo? Ah, são tantas as coisas que não sabemos, senhor! O pior acontece e está feito. As moscas continuam nos picando. O sol nasce novamente.

O homem ficou em silêncio, olhando ao longe, os traços obscurecidos por um olhar que lhe torceu a boca e o fez ficar sério por sob a barba descuidada. Coçou o nariz com as costas da mão.

Príamo também estava sentado em silêncio. Havia muito no que pensar. Ele também sabia o que era perder um filho. Perdera muitos filhos nos últimos meses e anos, todos muito queridos para ele – pelo menos era o que o rei havia dito a si mesmo.

Ficara ao lado do corpo de cada um deles e derramara vinho de um cálice e os entregara aos deuses. Enviara-os todos, iluminados por tochas e acompanhados por orações e o lamúrio formal das mulheres, até o mundo subterrâneo. Tudo como era o costume e como as leis exigiam. Acenda a tocha e a leve à pira com seu amontoado de carne de boi. Com certeza ele, entre todos os homens, sabia muito bem o que significava perder um filho.

Mas, quando ele refletiu sobre os termos com os quais seu companheiro falara, a alegria dele, toda aquela emoção que usou o tempo todo para falar de como o menino levantava a carroça nas costas, aquele grito, de um tipo que jamais havia ouvido antes, quando algo se quebrou dentro dele; sua cantoria quando ele se exibia para as meninas – tudo aquilo era tão pessoal e as lembranças do homem eram tão presentes e expostas que até mesmo agora, ao recontar aquele episódio, Príamo se perguntava se a frase que ele usara com tamanha facilidade, segundo a qual ele sabia que perderia seu filho, realmente significava o mesmo para ele, o rei, e para o condutor. Se o que ele sentira com a perda de Gorgitione, cuja mãe, a adorável Castianira, viera de Oisime para se casar com ele, e Doriclo e Isos e Troilos e o restante, fosse de algum modo comparável ao que este homem sentira por um menino que, no final das contas, não era um príncipe nem um guerreiro, e sim um aldeão como tantos outros.

A verdade é que nenhum dos filhos de Príamo foi, nesse sentido, especial. A relação deles com o rei era formal e simbólica, parte da fantasia diante dos deuses e dos olhos do mundo que é ao mesmo tempo o esplendor e o dever da realeza. Ele não tinha certeza nem de quantos eram seus filhos. Cinquenta, dizia-se.

Mas era só modo de dizer, um bom número redondo. Um número aleatório poderoso diante do mundo e uma aposta agressiva no futuro; prova clara de uma atividade divina na esfera da reprodução, outro aspecto do espetáculo necessário. Como a lista dos seus aliados, ou as medidas em ouro e os trajes cheios de ornamentos e as armaduras ricamente decoradas, os caldeirões e pedestais e os cálices preciosos que compunham o seu frágil tesouro. O número *real* ele não saberia dizer com certeza. Dois ou três mais do que cinquenta? Dois ou três menos?

Claro que Príamo era, em todos os casos, a fonte da vida deles, um agente poderoso pelo qual, num arroubo de desejo masculino, ou por conta do dever real, quando ele se deitava com Hécuba ou com uma de suas várias outras esposas e concubinas, este ou aquele príncipe ganhava a vida.

O evento em si era bastante pessoal – na verdade, o mais pessoal de todos. De que outro modo falar daquela agradabilíssima queda na grande escuridão, daquele suspiro do espírito para dentro da boca da morte e, em meio a tudo, o arroubo de afeição e ternura – por Hécuba, por exemplo, a primeira e a mais querida de suas esposas – e as palavras doces que eles trocavam quando se deitavam juntos depois do amor; as centenas de casos divertidos que citavam, aos sussurros, rindo e provocando um ao outro. Como crianças. Abençoados, profundamente abençoados, e nus diante dos mortos.

Mas, quanto a estes filhos específicos e tão ativos – Isos, Dius ou Troilos –, bem, ele não tinha lembrança deles como crianças de três anos limpando o leite que lhes escorria da boca ou suando ou tremendo de febre. Ele nunca batera em nenhum deles e jamais encolhera seu punho, arrependendo-se. Um ato de intimidade violenta como esse era algo que estava além da sua compreensão. Nada no mundo onde ele circulava permitiria algo parecido. Assim como não permitiriam que ele abandonasse a postura austera a que estava preso, levantando um dos filhos sobre os ombros e rodando para lá e para cá até que a criança estivesse sem forças.

Se ele se arrependia desses acontecimentos humanos e das lembranças deles, lembranças que talvez o unissem mais a seus filhos em afeto e tornassem sua relação com eles mais carinhosa e única?

Talvez.

Mas será que ele também não fora salvo de alguma coisa?

Quando chegou a hora de, um a um, seus filhos serem trazidos à sua presença do campo de batalha e ele teve de, vinte vezes ou mais, colocar-se ao lado de um cadáver e lhe derramar o vinho e dar ao corpo perfurado e sem sangue um nome, será que não teria sofrido vinte vezes mais se, ao segurar a tocha perto da pira funerária, tivesse de se lembrar como este estava suado depois de vencer uma luta, com um cheiro de estábulo tão forte quanto o de qualquer cavalariço; e como aquele outro tivera um pião e caíra certa vez quando seguira o brinquedo sobre o chão do palácio, e reconhecera, com um inesperado arroubo de memória, a cicatriz em forma de estrela que ainda estava visível no rosto do jovem, a poucos centímetros de onde uma lança grega lhe abrira a mandíbula, estraçalhando os dentes e arrancando um bom pedaço do crânio? Até mesmo essa lembrança fantasmagórica agora de algo que ele jamais se permitira ver fez que seu coração batesse mais forte e se agitasse.

Os costumes reais – o hábito de desviar o olhar, sempre, de tudo o que fosse desnecessário e específico

– salvaram-no de tudo isso. E mesmo assim eram justamente essas coisas desnecessárias nas conversas do carroceiro, acontecimentos nos quais a dor e o prazer estavam intrincadamente misturados, que o deixavam tão entusiasmado e emocionado.

– E o outro? – Ele se descobriu perguntando, quase antes de perceber. – Você citou dois filhos.

– Ah – o homem suspirou. – Aconteceu na última primavera, meu senhor. E, por acaso, a não mais do que cem metros daqui.

Ele havia pegado um galho que jogara longe para dentro do riacho. Os peixinhos, destinados a se decepcionar novamente, fugiram correndo para os círculos de luz que surgiram onde o galho caiu, agitando eles próprios por um instante a superfície da água antes que o rio voltasse a seu normal.

– Há outro lugar de passagem por aqui. Não tão fácil como este, mas tampouco tão difícil, se você souber por onde andar. Perto da estrada. Foi culpa dela, daquela mulinha de que gosto tanto, a Beleza, ainda que eu às vezes imagine que ela é capaz de ficar mal-humorada se as coisas não a agradarem. Ela deve ter perdido o passo no meio da passagem. Estávamos na primavera e o rio estava alto e correndo rápido sobre os pedregulhos. Ele talvez estivesse tentando mantê-la equilibrada. Ela deve ter ficado em pânico, coiceou-o de lado e ambos foram levados pela correnteza.

O carroceiro coçou o nariz, como antes – era, Príamo viu, um hábito dele –, e bufou. Do meio das tamareiras em sombra, ouviu-se algo como o som agourento de uma coruja.

– Nós o encontramos no fim da manhã seguinte... Fiquei a noite inteira procurando por ele... todo enrolado nos juncos na outra margem do rio. E ela, criatura estúpida, simplesmente saiu da água com facilidade, sem olhar para trás, e pastava com o cabresto solto num trecho de capim. Balançando o rabo e remexendo as orelhas ao me ver.

"Claro que ela não tinha noção do que fizera. Mas eu estava furioso. Fiquei com vontade de matá-la ali mesmo. Mas o que isso traria de bom? Isso não traria meu filho de volta.

"Acabei pegando a cabeça da mula nas mãos e chorei. Foi tão bom simplesmente me segurar nela e sentir seu calor e a aspereza do seu pelo no rosto! Mas, se aquilo foi pela dor da minha perda ou pela felicidade porque a mula estava salva, não sei lhe dizer, senhor. Somos criaturas tão contraditórias... Talvez as duas coisas. De qualquer modo, desde então ela é a minha preferida, o senhor não imagina. Ela é tudo o que me restou do meu filho. Ela e a nora e a menininha. Desculpe, senhor..."

Ele abaixou a cabeça e esfregou as mãos calejadas nos olhos, e Príamo, cujos olhos também estavam cheios de lágrimas, olhou para o outro lado.

Quase sem perceber, enquanto eles estavam sentados conversando, escureceu.

– Meu senhor – disse o carroceiro –, está ficando escuro. Deveríamos pensar em sair daqui.

Lentamente, o rei se pôs de pé e, inclinando-se para afundar a mão no riacho, jogou água primeiro nos olhos, depois na boca e na barba. Pegando um pedaço do seu manto, usou-o delicadamente para secar o rosto.

Príamo olhou em volta. Era verdade. Um cinza prateado tomara conta do rio e das margens, com sua folhagem espessa. A mudança ocorrera rapidamente. Agora que estava alerta, ele viu que as cores do rio escureciam também, bem diante de seus olhos, passando de um azul acinzentado para um roxo enegrecido.

O rei estava infeliz por terem de partir. Ele se acostumara aos pequenos prazeres que o lugar propiciava, sem falar na oportunidade de se sentar e ouvir outra pessoa falar. Príamo se lembraria de tudo isso. Dos loendros, com suas folhas compridas e pontudas que cresciam com tanto vigor do meio da terra e das pedras entre os riachos. Essa água fria que lhe aliviara os pés. Os peixes. O zumbido fininho dos mosquitos. Havia um cheiro que parecia mais forte, agora que os outros cheiros desapareciam com o sol – algo a ver com as ervas. O rei se lembraria disso também.

O carroceiro estava ajoelhado, arrumando suas coisas numa trouxa caprichada. Quando Príamo se levantou e saiu da água, o carroceiro pegou um pano e o ofereceu ao rei para que secasse os pés.

– É assim mesmo, senhor – mimou o carroceiro, enquanto Príamo, como uma criança, com muito cuidado e obediência, erguia primeiro o pé esquerdo, depois o direito para secá-los, e o condutor lhe indicou que o rei deveria pegar as sandálias, repetir a ação e só então poderia vesti-las e apertar-lhes as tiras. Eles, então, partiram em meio às tamareiras de folhas rosadas, para onde a carroça e as mulas os estavam aguardando.

Mas deram apenas alguns passos quando o carroceiro, subitamente alerta, pousou a mão no braço de Príamo e o deteve.

– Shhh – sussurrou, erguendo um dedo ameaçador.

Apoiado preguiçosamente nas tábuas da carroça, o pé direito cruzado com elegância sobre o esquerdo, estava um jovem magro com um chapéu de franjas, sob o qual o cabelo, de um dourado queimado, pendia em cachos brilhosos. Estava tranquilamente absorto, ou assim parecia, na contemplação de seus próprios e delicados dedos. Príamo sentiu a pressão da mão do carroceiro no braço. Seu coração bateu mais forte. As mulas já haviam percebido a aproximação deles ou sentido o cheiro. Elas se viraram, erguendo a cabeça, e nesse mesmo instante, mas tranquilamente, o invasor também se virou.

Eles viram que ele era muito jovem.

Idaeus, observou Príamo, estava sério e preparado para atacar. O jovem também deve ter percebido isso. Com um movimento ligeiro – tudo isso num segundo

– ele já estava ao lado dos dois, o rosto contorcido e um punhal brilhando na mão.

– Então você achou, velho – ele gritou –, que eu simplesmente os deixaria me atacarem e me surpreenderem dormindo? Não sou uma criança, sabia? Nem um ladrão. Mesmo que eu quisesse me apoderar do seu tesouro... Ah, sim, dei uma boa olhada sob a cobertura e vi os despojos com os quais vocês estão fugindo... Eu poderia ter ido embora com qualquer coisa que quisesse na meia hora que vocês passaram molhando os pés no riacho.

Príamo ficou confuso. Ele sabia alguma coisa sobre raiva, sobre *meninos* com raiva, mas este estava interpretando. Sua arrogância era a de um jovem que gostava de ouvir a própria voz e interpretar papéis, o que não queria dizer que ele também não podia ser perigoso.

– Ah – disse o menino agora, ainda cheio de si –, acredito que vocês estejam com medo de mim porque sou um grego. Sem dúvida ouviram todo tipo de histórias sobre como somos brutais e bárbaros. Bem, olhem para mim, pareço um bárbaro?

Era verdade, não parecia. Com a boca rosada, a cintura estreita e cachos, ele era encantador e sabia disso; o charme era natural para ele. Ainda assim, se o charme fracassasse e os dois velhos que ele estava tentando enganar se sentissem ofendidos e decidissem ganhar coragem, havia uma brusquidão nele que o faria cortá-los sem pensar duas vezes.

– A verdade é que fui enviado para acompanhá-los – anunciou o jovem. E, com muita cortesia, levou a mão direita ao chapéu, num gesto – era somente um gesto – de reverência, e inclinou a cabeça.

– Mas deixem que me apresente. Meu nome é Orchilo. Sou um dos homens do mestre Aquiles, um dos seus temerosos mirmidões. Polictor, meu pai, é um homem rico mais ou menos da sua idade, senhor – disse ele, dirigindo-se a Príamo. – Nós éramos sete, sete filhos. Apenas quatro ainda vivem, dentre os quais este seu servo – e ele tirou o chapéu da cabeça num floreio elegante – é o mais jovem. Portanto, o senhor vê que não tem motivo nenhum para temer por sua vida ou mesmo pelo seu tesouro. Ou para desconfiar, como percebo, das minhas intenções. O senhor é velho e também, se ele não se importar com minha menção – disse, lançando um olhar na direção do carroceiro –, é velho seu nobre companheiro. Imaginemos que vocês deparassem com um esquadrão de arruaceiros numa ronda noturna, ou com dois ou três soldados ousados que estivessem à procura de um pouco de diversão – uma menina ou o roubo de algumas galinhas ou um pouco de gordura de ovelha –, que prêmio vocês se tornariam com todo esse tesouro sob a cobertura da carroça! Portanto, eis-me aqui a seu dispor. Seu guia e companheiro. Enviado pelo mestre Aquiles, que sabe que estão a caminho, para proteger vocês.

Aquilo parecia estranho. Príamo aceitava a explicação do jovem, mas ainda não estava convencido. O menino era simplesmente bom demais para ser verdade.

O carroceiro, notou o rei, estava ainda mais desconfiado e, temendo que o jovem percebesse, virou-se para seu companheiro e disse com firmeza.

– Está vendo? Temos sorte. O mestre Aquiles, com grande cortesia, enviou-nos um dos seus protetores para ser nosso guia.

– Meu senhor – começou o carroceiro. Mas Príamo imediatamente o interrompeu.

– Não, não – insistiu. – Você ouviu o que o nosso jovem amigo aqui acabou de me dizer. Ele foi enviado. – (Príamo percebeu o sorriso do jovem e seu olhar zombeteiro.) – Então nos deixe preparar-nos e sairmos em viagem novamente.

Ele estava pensando no soco que o carroceiro dera no filho e depois se arrependera. Estava preocupado com o comportamento estranho do jovem, mas também com o seu próprio, sem contar que o carroceiro, acreditando ter sido mesmo enganado, poderia querer resolver as coisas do seu jeito.

Enquanto isso, a companhia indesejada deles novamente postou-se na lateral da carroça. Ele bocejou, o que, para Príamo, pareceu um gesto de estudada indiferença. Toda essa demora, suas sobrancelhas denunciavam, havia sido um teste difícil para a paciência do jovem.

Mas o carroceiro não foi dissuadido com tanta facilidade. Irritado com a falta de educação do menino, sua condescendência provocadora em direção ao que ele considerava, obviamente, dois velhotes (eles já se haviam colocado numa posição de desvantagem ao ser surpreendidos, por mais que a emboscada tenha sido, por um momento, prazerosa), o carroceiro estava determinado a resistir. Tinha sido ele quem os envolvera nessa confusão. Ele permitira que o rei e o tesouro, e tudo o que dependia disso, caíssem nas mãos de um mocinho mimado e afetado que, apesar de todos os cachos oleosos e do ar lânguido efeminado, era claramente um durão.

– Não precisamos de proteção – disse ele ao jovem rispidamente. E sussurrando, para Príamo: – Meu senhor, devemos nos livrar desse menino o mais rápido que pudermos. Agradecer-lhe, dar-lhe uma bela taça de prata ou um elegante prendedor para seu manto e mandá-lo embora. Ora, protetor! Na primeira oportunidade que tiver, ele nos levará a uma ravina e, antes que notemos, nossa garganta será cortada.

Príamo lançou um olhar rápido na direção do novo amigo deles, que mais uma vez arqueara a sobrancelha e dava de ombros, como se esse tipo de coisa fosse exatamente o que cabia esperar de um homem com uma carroça. Então o jovem fez uma cara feia, como se dissesse: "O problema é seu, meu caro, não espere que *eu* me afaste de vocês!" Ele era mesmo encantador.

Príamo não confiava em carisma, especialmente quando este assumia uma forma física. Aprendera uma dura lição nesse sentido com seu filho Páris. Mas um sexto sentido o alertara de que, nesse caso, poderia haver alguma coisa envolvida além da mera beleza e da autoconfiança exagerada da juventude. Havia algo de estranho na presença do invasor, algo que vinha da sua boca, quando falava, ou do seu corpo, era difícil dizer. Era um cheiro diferente de tudo o que Príamo já encontrara. Um unguento ou óleo aromático, talvez, com os quais os gregos massageavam e aliviavam os músculos depois dos exercícios, algo doce e almiscarado que, caso se estivesse lutando de perto com eles, talvez sobrepujasse o inimigo, sendo difícil lhes resistir. E, de fato, Príamo sentira o efeito intoxicante desse cheiro, mesmo a distância, com sua agradável docilidade, quando o jovem lhe estendeu a mão e lhe disse, em tom de voz mais ameno.

– Aqui, pai, deixe-me ajudá-lo a subir. Se pretendemos chegar até Aquiles na hora do jantar, realmente precisamos ir.

Príamo, um pouco surpreso pela facilidade com que tudo isso parecia ter sido decidido, permitiu-se ser ajudado a subir na carroça.

– Vamos lá, meu bom homem – o jovem disse, irritado, ao carroceiro –, você está nos atrasando. – E o condutor, vendo que o rei já se havia submetido, deu a volta até o seu lugar na carroça, disse algumas palavras às mulas e, desprezando a mão que o estranho lhe estendia, subiu no veículo, com uma destreza no movimento que indicava ao Senhor Atrevimento que, apesar da idade, ele não precisava de ajuda e podia ser mais capaz de se defender do que algumas pessoas acreditavam. O jovem deu de ombros e riu.

Lentamente, eles rumaram pelas margens até o local da travessia, o jovem andando às vezes à frente da carroça, ao lado da mula, e às vezes um ou dois passos atrás.

– Bom dia para você, pequenina – disse ele, amigável, para a mula, e ela, sempre reagindo a todo sinal de atenção, ergueu a bela cabeça e lhe lançou um olhar.

– Parabéns, velho – disse ele, olhando para trás por sobre os ombros. – Vejo que sua irmãzinha aqui é uma verdadeira serva dos deuses. – Ele pousou a mão no pescoço da mula e a acariciou de leve atrás da orelha, e a mula novamente ergueu a cabeça. – Ela me faz pensar bem de você.

Faz mesmo, pensou o condutor, e as pôs em movimento com um gesto brusco. Irmãzinha, é? Agradeço-lhe por isso. Vou me lembrar disso!

O carroceiro estava furioso. Boa parte disso era ciúme. Porque sua mula preferida sucumbira de imediato aos encantos vazios do jovem.

Eles chegaram à beira da água e o carroceiro parou para deixar que as mulas entendessem o que havia diante delas. O luar corria rápido sobre as pedras expostas do rio. A dez passos dali, onde o leito era mais fundo, o rio, com seus vários redemoinhos, corria ainda mais veloz nas profundezas, num turbilhão.

Seguiram adiante, as mulas resistindo. Príamo sentiu as rodas rangerem de encontro aos pedregulhos e deslizarem um pouco, para depois ganharem aderência novamente. O rio corria a certa velocidade na superfície, mas havia uma corrente muito mais forte no fundo. De repente, a carroça se inclinou perigosamente com o peso da carga. Quando Príamo agiu rapidamente para se segurar, a madeira parecia torta e prestes a se quebrar.

As pernas de uma das mulas foram pegas pela força da corrente do fundo do rio e ela estava sem apoio. A água, fluindo pelas aberturas em forma de lua crescente das rodas, havia girado a carroça, que agora estava num ângulo perigoso. O conjunto todo – mulas, carroça, seus dois ocupantes impotentes, a carga de tesouro – estava prestes a ser jogado na correnteza. Atrás dele, Príamo viu o carroceiro se erguer precariamente e se preparar para saltar, numa tentativa, por mais desesperada que parecesse, de endireitar a carroça. A mula menor era mais forte e mais obstinada do que parecia. Ela encontrou apoio, a carroça se endireitou e, pouco depois, eles estavam sobre o leito firme de novo, com a água correndo tranquilamente ao redor. Depois, com gritos de encorajamento do condutor e com um aceno vigoroso, chegaram à areia fofa da ilhota no meio do rio, entre arbustos sombrios.

O protetor deles, ainda que ensopado, não havia perdido o bom humor. Tendo sido levado pela correnteza um pouco, ele disse.

– É mais seguro aqui.

Ele estava agachado a uns cinquenta passos dali.

O carroceiro, vendo nisso um desafio à sua habilidade no assunto, ignorou o protetor. Mas, depois de descer e analisar por si próprio, voltou à carroça e incitou as mulas a seguirem adiante, virou-as rio abaixo, para onde o jovem, novamente de pé, se encontrava, magro e escondido contra o brilho do segundo canal. Lentamente eles avançaram pela areia.

De novo as mulas resistiram.

Esse segundo canal era mais profundo que o primeiro. A água, subitamente alta e fluindo com força, girava em turbilhões ao redor das rodas enquanto a torrente do meio do rio os atingia. O rio se elevou outra vez e estava entrando na carroça sob os pés deles como se transbordasse.

– Uma aventura, hein, pai? – o jovem gritou para Príamo sobre o barulho criado pela água. Com o rio pela cintura agora, ele estava avançando com dificuldade. – Você não esperava por isso, não é? Quando decidiram partir.

Era verdade, o rei não esperava por nada disso. Mas aqui estava ele em meio ao rio e, agora que o seu medo primeiro havia passado, sentia-se quase infantilmente feliz consigo. Príamo estava gostando daquilo. Ele se segurava firmemente ao banco da carroça e olhava feliz para a vastidão da água em torrente, com seus redemoinhos e o reflexo aleatório da luz, já contando a si mesmo, mentalmente, a história da travessia e a sensação de determinação e ousadia.

O leito do rio era sólido. Apesar de toda a água em turbilhão ao redor e da força da água gelada no corpo da carroça, eles fizeram considerável progresso.

– Bom trabalho – gritou o carroceiro depois que chegaram à outra margem; em seguida, com a água ainda fluindo pelas rodas, saíram do rio e enfrentaram a inclinação do barranco. – Só mais um pouco de força – insistiu o carroceiro. – Só mais um pouco. Agora. Beleza, *agora*! – E ele se inclinou para a frente como se pudesse ser a terceira mula ao lado delas puxando a carroça.

As mulas abaixaram a cabeça, trazendo a carroça com toda a força das suas patas traseiras, e em pouco tempo a carroça, Príamo, o tesouro e tudo o mais estavam em terra firme de novo. Estavam completamente molhados e, à medida que a carroça avançava em meio aos arbustos, figueiras e carvalhos, a água continuava a escorrer dela, criando uma trilha de lama. Enquanto isso, seu protetor havia chegado à margem facilmente, como se a água não lhe oferecesse mais resistência do que o ar rarefeito. Sua túnica estava ensopada, mas nenhum fio de cabelo ficava fora do lugar, e o jovem não demonstrava a menor consequência do esforço físico.

Eles pararam logo além das primeiras árvores. Depois de todo o esforço e confusão da travessia, ouvia-se apenas o som da sua respiração na imobilidade muda, e novamente o chiado longínquo de uma coruja. A vastidão de terra diante deles era marcada por sombras em alguns lugares e em outros iluminada pelo luar.

O carroceiro, com sua obstinação de sempre, desceu da carroça para inspecioná-la na frente e atrás, certificando-se de que tudo estava bem. Depois, subindo de volta, conduziu as mulas por este e aquele caminho até que sentiu o início de uma estrada sob as rodas. Só então falou.

– Bem, não foi tão ruim – disse. – A partir de agora é uma estrada reta. Muito bem, Beleza! Muito bem, Coice!

As mulas, ainda úmidas e brilhosas da travessia, reagiram começando a trotar.

A lua se elevava rapidamente agora. Em pouco tempo estaria no máximo, como se iluminada por dentro, bem acima do que, antes da guerra, eram plantações de trigo e pomares de antigos olivais.

Príamo estava sentado em silêncio. Até agora não havia visto nada daquilo.

A paisagem na qual entravam era uma completa devastação. Uns poucos e mirrados arbustos cresciam em meio à terra nua e, por toda a planície, criaturas semelhantes a esquilos se levantavam apoiadas nas patas traseiras para olhar os homens, o focinho trêmulo, e então, correndo, desapareciam em buracos no chão. No céu sem vento, grandes nuvens contornadas pelo prateado da lua pairavam imóveis diante das estrelas: Órion, as Gêmeas, as Plêiades, numa rede branco-nebulosa.

Passado algum tempo, o protetor, que não era capaz de ficar em silêncio, começou a falar, de vez em quando fazendo perguntas sobre o conforto real de Príamo. Finalmente, depois de outro silêncio no qual ao que parece ele ficou sem ter o que falar, perguntou animado ao carroceiro.

– E aquela linda nora sua? Como está ela? Ainda com problemas, coitadinha, por ser manca?

O carroceiro escondeu sua surpresa com um olhar estreito. Que atrevido!

E como aquele cara poderia saber da sua nora? O carroceiro sentiu uma pontada de desconforto, seguida de um tremor leve de algo mais que desapareceu antes que pudesse compreender. Escondeu a sensação e fingiu não ter ouvido.

Príamo também ficou surpreso. O condutor não mencionara que a moça era manca. Isso não fazia parte da imagem que ele criara para a jovem enquanto ela se agachava ao lado de pedras quentes, assando panquecas com as pontinhas dos dedos e, se estivessem quentes demais, enfiava-as na boca. O rei teria de começar tudo novamente, ainda que tenha ficado feliz por ouvir que ela era bonita.

– Ah – disse o jovem –, posso ver que você não gostou, meu velho, que eu saiba tanto sobre você. Mas sei mais do que isso. Muito mais! – E riu, provocando o carroceiro. – Sei que você é temperamental, por exemplo, e que é astuto, que na verdade você é um patife. Não diria um malandro, exatamente, mas um homem que não dá muita importância à lei. Gosta também de tavernas. Não é isso o que dizem de você? Beberrão, contador de histórias e mentiroso. Eu o conheço muito bem, não? – E o jovem ergueu a cabeça de um modo pouco ardiloso e franco e riu mais uma vez.

O carroceiro estava lançando olhares de soslaio para Príamo. Não estava gostando que o rei tivesse de ouvir aquelas baixarias a seu respeito. Ele poderia ter derrubado o jovem no chão, juntamente com sua conversa barata e seu ar de arrogância com a própria esperteza. Mas algo o conteve. Uma impressão de que nada daquilo era o que parecia. Que o melhor para ele era manter o olhar afastado e se conter.

– Bem – disse o jovem distraidamente –, os deuses o abençoaram. Para falar a verdade, também não dou muita importância quando se trata da lei, por isso não a usarei contra você. E é uma coisa boa ser feliz e gostar de uma piada. Você gosta, não é, de piadas? – Mas o carroceiro estava olhando torto. – Bem, talvez eu tenha ido longe demais. Vou parar de falar, meu velho, se tudo que isto causa é deixá-lo de mau humor. Mas eu sou jovem, você sabe. Minha cabeça está cheia disso, daquilo e de não sei mais o quê, e o mundo é tão animado e interessante que não consigo deixar de falar dele. E é uma verdadeira tentação, quando se é jovem como eu sou, falar e ouvir notícias de tudo o que está acontecendo no mundo. Há tempo suficiente depois para se aborrecer e ficar imóvel e resmungar. Passamos muito tempo na Terra, pai. Há muito silêncio aqui.

– Senhor – sussurrou o carroceiro de lado para Príamo, que estava sentado muito reto no banco, sua imagem tão parecida de madeira quanto o próprio banco –, senhor... este menino que está conosco... sei que ele está usando um chapéu grego e está vestido como um grego, mas me pergunto se ele é realmente grego. Ou até mesmo, meu amo... – E o carroceiro abaixou ainda mais a voz – se ele é um homem como nós.

– O que é que há, meu velho? – Perguntou o jovem da lateral da carroça, e a mulinha virou a cabeça ao perceber a mudança no seu tom de voz, que já não era mais ameno e jovial como o do seu amigo estranho. – O que você está resmungando aí? Tenho bons ouvidos, sabia?, é inútil sussurrar. Então você acha que não sou humano como vocês, é isso? O que sou, então? *Quem* eu sou?

Príamo arregalou os olhos. Ele se perguntava como é que não tinha visto aquilo antes.

– Meu senhor – disse. – Meu senhor, Hermes!

O carroceiro também estava de olhos arregalados. Com sua indisposição fingida para se deixar surpreender por qualquer coisa que o mundo jogasse sobre ele, disfarçou a surpresa, mas não pôde evitar de se fazer uma ou duas perguntas incômodas.

Se ele era mesmo um palhaço celestial – mensageiro, ladrão, malandro, companheiro das almas até o submundo –, para onde estavam indo? Será que eles se afogaram no rio quando o jovem os conduziu tão animadamente por aquela passagem escolhida com cuidado? Seriam eles já almas sem corpo a caminho da outra vida?

Ele se beliscou. Não parecia nada daquilo! Passou o nariz na manga do manto e cheirou. Tampouco cheirava a morte.

– Vejo que vocês estão impressionados – disse o deus –, vocês dois. Bem, é compreensível e até apropriado. O que eu lhes disse é verdade, *fui* enviado. Mas não por Aquiles, que nada sabe da chegada de vocês.

Ele viu o olhar de medo que os dois trocaram. Aquele olhar também era compreensível, e o deus se apressou em assegurar.

– Enviado, sim, mas não pelos motivos de sempre, nada desse tipo se pretende. Não nesta ocasião. Da próxima vez que vocês me virem, talvez a história seja diferente. Mas vocês me reconhecerão da próxima vez, não é, meus velhos? Sou, por sinal – e ele parou para tirar as luvas do cinto e vesti-las delicadamente sobre os dedos finos –, invisível, embora *vocês* possam me ver bem o suficiente. Ah, e aquela menininha com a qual você estava preocupado... – disse para o carroceiro, como se fosse algo que tivesse acabado de lembrar – ela está agora sentada comendo uma tigela de mingau e perguntando onde está você e quando você voltará. – Ele se virou, dirigindo-se ao rei. – Agora, pai – disse, sério –, chegou a hora de se fortalecer. As trincheiras gregas estão logo além do segundo barranco. Estamos quase lá.

De repente, Príamo se sentiu apavorado. Estava no limite das suas forças. O momento havia chegado e agora ele tinha mesmo de fazer aquilo que, até aquele instante, só havia feito na imaginação, na esfera dos pensamentos. Seria a mesma coisa? Fraco diante da ideia de estar frente a frente com Aquiles, finalmente ele sentiu suas pálpebras caírem, como se estivesse buscando refúgio no sono.

O que lhe deu forças foi a presença a seu lado do seu bom Idaeus, que não parecia de modo algum intimidado pela revelação do jovem que os acompanhava. Como se a chegada de um deus à cena fosse, nesta vida, algo comum, mais um acontecimento a ser levado em conta e somado num mundo de surpresas e acidentes sem fim.

Talvez fosse uma bravata. Uma determinação de não se deixar impressionar ou pelo menos de não demonstrar isso. Se assim fosse, deu certo, causou efeito e ele sentiu o benefício.

Consolou-se, também, no título que o deus lhe havia dado. O jovem se dirigira a ele como pai antes, mas Príamo ouvira isso como nada além de outro sinal do seu jeito zombeteiro, um tom de voz semiafeiçoado e semipaternal que os jovens adotam, principalmente os jovens que estão apaixonados por sua própria importância, quando lidam com velhos. Respeitoso, sim, até mesmo lisonjeiro, mas com um quê de condescendência divertida. Agora que estava prestes a começar a peça na qual lhe cabia representar "o pai" – e de um modo que até então nunca havia tentado –, Príamo se sentia emocionado por essa evocação dos laços sagrados, e aceitou isso, vindo dos lábios de um deus, como um apoio e uma bênção.

O jovem – Hermes – segurou-o pela cintura e Príamo sentiu um golpe quando seu sangue reagiu ao toque firme, ainda que frio. Depois, uma energia lenta inundou seus membros.

Eles haviam chegado à trincheira que ficava diante da muralha de proteção. Tendo dois corpos de largura e a profundidade de três espadas, a trincheira estava cheia de espinhos e era protegida por uma fileira de estacas afiadas, dispostas em certo ângulo.

Para além dela, com quase quatro metros de altura e feita com troncos de pinheiros unidos por estopa, estava o grande portão que conduzia ao acampamento. Eram necessários três homens para levantar a barra de madeira com a qual o portão se fechava. Somente Aquiles, entre os mortais, era capaz de abri-lo sozinho.

Um pelotão de argivos estava de guarda no pátio interno. Espalhados pelo campo aberto, eles ficavam agachados ao redor de fogueiras sobre as quais suas refeições estavam sendo preparadas, ou então agachados sobre os calcanhares, jogando dados. Era o início da manhã, uma boa hora. Quando se ouviu uma batida súbita no portão, o capitão da guarda levantou os olhos, surpreso. Não haviam recebido nenhum sinal dos espiões sobre estranhos a aproximar-se do acampamento.

Ele se levantou lentamente e, com dois ou três homens a seu lado, começou a atravessar o pátio. Os outros, ou a maioria dos que não estavam absortos em conversas ou nos jogos de dados, olharam distraidamente para ver o que acontecia.

Mas o capitão e seus ajudantes haviam avançado uns poucos passos quando, com um estrondo que fez que todos no pátio se levantassem imediatamente, a gigantesca barra que trancava o portão, como se movida por uma entidade invisível qualquer, rompeu o ferrolho e, lentamente, começou a se levantar.

O capitão e seus guardas ficaram imóveis, como se enfeitiçados, as mãos presas ao cabo da espada, pesadas demais para serem erguidas, a língua na boca aberta também imóvel, e imóveis os pés e a respiração.

Aos poucos, enquanto observavam, as portas rangeram e se abriram.

Lá havia uma carroça coberta, cinco passos para fora do portão, puxada por duas mulas pretas e com dois velhos sentados lado a lado no banco.

Somente quando a carroça entrou se arrastando no acampamento e os portões se fecharam atrás dela, e a barra, mais uma vez como se se movesse por mãos invisíveis, caiu com um estrondo no ferrolho, é que os homens, agora todos olhando espantados, deram voz à sua consternação, cada um deles duvidando do que acabara de ver.

IV

Aquiles está confuso na sua tenda. Ele não come quase nada nestes dias, mas se sente obrigado, por consideração a seus homens, a aparecer diante deles.

Os homens, todos unidos ombro a ombro, dividem uma mesa montada sobre cavaletes no meio da tenda. Aquiles se senta separado dos demais, numa mesinha dobrável com entalhes em marfim que os servos, Automedonte e seu parceiro Alcimo, haviam montado num canto recluso, onde a luz das tochas não chegava.

Sob o teto baixo, o ar é espesso, com o cheiro da resina das tochas de pinho que queimavam e exalavam fumaça e um cheiro acre; e também um cheiro de gordura animal e do suor dos corpos sujos. Os homens faziam barulho, o qual se confundia num urro, que cedia e depois se elevava novamente, onda após onda, como o mar. As canecas batiam com força na mesa, presas a mãos embriagadas.

Uma briga irrompe. Uma cabeça raspada sobre ombros peludos assoma contra o vermelho tremeluzente das paredes de madeira. Outros se levantam para juntar-se à briga e por algum tempo se envolvem numa confusão de sombras, rostos suados, bocas molhadas, olhos negros, fogo, semiescuridão, fogo baixo. Então a confusão diminui e as sombras enormes voltam a se tornar corpos sólidos de homens que batem uns nas costas dos outros gritando, amontoados, ombro a ombro. Num momento de silêncio alguém começa um discurso de lembrança, referente à mesma tristeza de sempre ou a conversas sobre a vida em casa, e o mandam calar a boca. Trazem mais vinho.

Aquiles mal nota tudo isso. É apenas o barulho que os homens fazem quando estão em grupo e temem o destino para o qual o silêncio talvez os leve. Árvores ao vento gritam. Assim como as pedras, quando são atiradas todas ao mesmo tempo.

Ele se senta diante de um copo cheio de vinho, comendo apenas para que seus convivas se sintam à vontade para comer.

Agora que Pátroclo está morto, Automedonte é seu braço direito, o condutor da sua carruagem e seu servo mais próximo. Um dos mais nobres entre os mirmidões é um homem de queixo fino e magreza descomunal, com olhos firmes e reflexivos sob sobrancelhas espessas. O que acontece ao redor dele parece nunca o incomodar. Por consequência, ele é o mais cauteloso e confiável dos homens, fazendo tudo o que faz com cuidado extremo e retidão. Mas Aquiles não fica muito à vontade com Automedonte. Admira o homem sem se sentir próximo dele, como se sentia de Pátroclo.

O fato é que ele se ressente de Automedonte. Sua presença é ao mesmo tempo uma lembrança e uma repreensão.

Quando o capacete foi tirado da cabeça de Pátroclo e ele agonizava, o sangue quente saindo pela boca, foi este homem, Automedonte, que correu para levantá-lo e, abraçando-o firmemente, assistiu à luz que atravessou como uma nuvem seu olhar à medida que o brilho do mundo diminuía e, gritando e se inclinando, capturou-lhe o último suspiro nos lábios. Foi Automedonte quem permaneceu ao lado do corpo e, cegado pelas lágrimas, combateu os chacais troianos.

Ele, diz Aquiles, amargurado, para si mesmo. Nos braços dele e não nos meus.

Foi por se ressentir de Automedonte que Aquiles fez dele seu homem de confiança. Pátroclo, ele sabe, não esperaria nada menos dele. Mas a lembrança estava lá, sempre. Ele, não eu – e aquilo o irritava.

Automedonte, alerta a qualquer mudança no humor de Aquiles, sabe o que está acontecendo. Ele reconhece a dor de Aquiles; também está sofrendo. Adora o homem não apenas por causa de Pátroclo, e não deixa que a mágoa sentida por Aquiles afete sua atenção mesmo às menores e menos importantes necessidades do amo. Sempre atento, quando Aquiles finalmente lhe faz sinal, ele acena para Alcimo e ambos puxam bancos até a mesa para se juntar ao comandante.

São jovens, esses homens, e têm um enorme apetite. Obrigando a si mesmo, Aquiles pega um pouco de cada prato que os homens colocaram diante dele – cebolinhas, um punhado de azeitonas, pão, um pouco de queijo coalho. O vinho que eles misturaram e lhe serviram, Aquiles mal bebeu.

Automedonte não quer deixar óbvio que eles estão tentando se evitar. Mas Alcimo, que é apenas um menino, não percebe. Quando Aquiles se serve, suas enormes mãos rapidamente pegam a bandeja de carne assada, o pão no cesto, e sua boca mastiga horrivelmente bocados de gordura.

Aquiles observa que Automedonte não diz nada. Ele não tem o que dizer. De repente consciente do barulho que o seu mastigar faz, Alcimo engole os últimos pedaços inteiros e, ao chupar a gordura dos dedos, o faz de um modo contido e afetado que é quase cômico.

Aquiles gosta de Alcimo e sente pena dele. Preferiria estar com os outros homens, batendo com a caneca na mesa improvisada e comendo enquanto grita para ser ouvido por sobre o barulho da multidão. É essa superabundância animal nele, que Alcimo ainda não aprendeu a conter, que Aquiles considera especial na juventude e que torna seus equívocos e grosserias fáceis de perdoar. Aquiles gosta de ter Alcimo por perto. Para seu próprio bem, mas também como uma lembrança do que ele era poucos meses atrás.

Mais uma vez ele pega um prato para que seus companheiros possam avaliar a ocasião e fazer o mesmo. Pega um espeto de carne. Revira-o nos dedos. Devolve o espeto.

Agora, na escuridão esfumaçada no outro extremo da tenda, mãos passam sobre cordas ressonantes. Aquiles levanta a cabeça.

Um deus caminha invisível entre eles e, ao despertar da sua passagem, os gritos dos mirmidões são interrompidos. As notas prateadas da lira tocam e alteram o ar. Quando as vozes recomeçam, e não tardam, já não são tão altas a ponto de não se poder ouvir a música sob elas. A música persiste. E também persiste, para Aquiles, o acorde da música que o atingira.

Ele sabe o que significa a suspensão repentina de suas qualidades másculas e duronas. Esse derretimento, nele, da vontade e do ser. Sob as aparências as coisas continuam a ser as mesmas, mas o que deixa Aquiles apreensivo agora é certa fluidez que percebe nas coisas e que antigamente estava escondida. As partículas que a compõem, dentro das formas sólidas, desorganizam-se e se agitam. É como se o fluxo, e não a rigidez, fizesse parte da sua natureza. O mundo está nadando e, em todo o tempo que esse ânimo se abate sobre ele, parece também estar à deriva.

Ele foi transportado para dentro do elemento de sua mãe e está novamente aberto à sua trêmula influência. Quando se sente assim, Aquiles *vê coisas* – um tremor na luz atrás do ombro de Automedonte que o atinge e o apavora.

Um ser, ainda que no todo muito vago, começava a ganhar forma ali.

Pátroclo, sussurra. Você! Finalmente, finalmente! Ele observa, imobilizado, enquanto o ser avança em meio à escuridão esfumaçada na sua direção.

Mas aquele ser não é nenhum jovem. Sua decepção se transforma, mais uma vez, numa dor, só que mais profunda.

O ser, alto, magro, usando um manto branco sem ornamentos, é velho. A carne flácida sob o queixo pende em dobras enrugadas, os olhos são fundos sob as sobrancelhas nodosas.

Pai?

Não é exatamente uma pergunta, desta vez. Lentamente, Aquiles se levanta do seu lugar.

Alcimo olha para Automedonte e depois olha para trás, por sobre os ombros, para ver o que está lá. Ele vê, e Alcimo e Automedonte tateiam, ambos, em busca da espada. Aquiles, semilevantado, continua a olhar.

Faz nove anos que Aquiles viu seu pai pela última vez. Quando saiu de Ftia, ele era pouco mais do que um menino, já totalmente crescido e forte, mas com poucos sinais, sobre ele, do homem que se tornaria – um guerreiro, o peito proeminente, os ombros e pescoço largos, os traços mais rudes impressos nos longos meses passados em acampamentos a céu aberto. Foi isso o que o tempo lhe fez. E o atinge agora, numa grande onda de tristeza, perceber que também seu pai mudou muito.

Peleu havia ido embora, o rei que o pegara com tanta força no colo, relutante a ponto de deixar que as lágrimas tomassem conta dele, que estava no auge da vida, forte e também um guerreiro, um homem a ser temido. O ser que agora se aproxima dele também parece um nobre e é alto, mas todos os seus músculos são flácidos. Os cabelos, antes espessos e grisalhos, são ralos e brancos.

– Pai – diz ele novamente, desta vez em voz alta, assomado pela ternura do velho e sua fragilidade trêmula. – Peleu! Pai!

O grande Aquiles, com o olhar fixo, chora. No choro, deixa-se cair apoiado num só joelho e se lança para abraçar o manto do pai. Automedonte e Alcimo, as espadas desembainhadas e brilhantes, saltam ao lado dele.

– Senhor!

Aquiles, impressionado, olha novamente.

O homem é um estranho. Nobre, sim, mesmo naquele manto simples, mas não exatamente Peleu. Que truques o coração pode fazer! O homem claramente não é seu pai, mas, durante cinquenta batidas do seu coração, seu pai realmente estivera presente diante dele, e Aquiles continua a se sentir ternamente vulnerável a todos aqueles sentimentos que nele fazem parte de um elo sagrado.

E é por isso que, para surpresa de seus dois servos, ele não pega o intruso imediatamente pelo pescoço, e sim pergunta, quase com brandura.

– Mas quem é você? Como entrou nesta tenda?

Como se, quem quer que ele fosse, houvesse algo de misterioso no aparecimento tão repentino do estranho, num lugar repleto de seus seguidores.

O velho se aproxima e parece prestes a cair. Olha apreensivamente para o mais jovem dos dois homens que o encaram com a espada em riste. Alcimo, como um leão, mal consegue impedir a si mesmo de atacar o homem.

Aquiles, percebendo que é isso o que assusta o homem, faz um sinal, e Alcimo, depois de um rápido olhar para Automedonte, como que para confirmar a ordem, guarda a espada.

Príamo se recupera. O evento se desenrolara muito rápido e de um modo para o qual ele não estava preparado. Ele viera até aqui para se ajoelhar diante de Aquiles. Mas foi o grande Aquiles que se ajoelhou diante dele. Ainda assim, chegara o momento. Ele tinha de continuar.

– Sou Príamo, rei de Troia – diz ele, simplesmente. – Vim até você, Aquiles, exatamente como você me vê, exatamente como sou, para lhe pedir, de homem para homem e como um pai, o corpo do meu filho. Para resgatá-lo e levá-lo para casa.

Príamo fecha os olhos. Agora, pensa. Agora eles atacarão.

Os dois servos continuam alertas. Automedonte, ainda com a mão na espada. Aquiles se levanta. Mas nada acontece.

– Como você chegou aqui? – pergunta Aquiles. – Como entrou no acampamento? Nesta tenda?

– Fui guiado – responde Príamo. E, lembrando-se do deus que o conduzira até ali, Hermes, o matador de gigantes, fica emocionado.

Aquiles, Príamo percebe, está impressionado. Ele não repete a palavra, mas é algo que está marcado na linha que surge em sua fronte, na boca semiaberta. Ele entende imediatamente, vê Príamo, que forças mais do que comuns o trouxeram ali. Apesar da vastidão de homens, da força de seus ombros, do cordame dos pescoços, o guerreiro dentro dele fora, ao menos por um instante, contido.

– Vim numa carroça – explica. – Com meu ajudante, Idaeus. Ele está lá fora no pátio com o tesouro que eu lhe trouxe.

Não se ajoelha. A ocasião para isso passara. Assim, a cena inteira, como ele a havia imaginado, não acontece. Em vez disso, Príamo se destaca em silêncio na imobilidade que o cerca, apesar do barulho que os mirmidões de Aquiles estão fazendo, e aguarda.

Aquiles estreita os olhos, examina o homem à sua frente. Faz um sinal quase imperceptível para Automedonte, que tira a mão da arma e sai.

Tudo se passa tão rápido e silencioso no canto escuro da tenda que os homens na mesa grande e barulhenta continuam sem saber do acontecimento extraordinário próximo deles. Continuam a gritar uns com os outros em discussões acaloradas e a erguer canecas em brindes de bêbados. Sob a confusão que criam, as notas da lira pairam ainda no ar. Isso dá ao momento, como Aquiles o vê, um quê de fantasia.

A ternura de antes ainda está evidente nele. Atrás desse velho que afirma – será verdade? – ser Príamo, rei de Troia, paira a figura do seu pai, que ainda está muito vivo na mente de Aquiles, presente demais para ser ignorado. Impaciente por saber com o que exatamente tem de lidar, ele faz um sinal para Alcimo seguir Automedonte e trazer notícias do que tenha descoberto.

Mas Alcimo, relutante em deixar seu senhor sozinho, hesita e, antes que possa se mover, Automedonte volta. Traz outro velho, mais rude que o primeiro. De cabelos eriçados e vestido com trajes grosseiros feitos em casa, este não se parece em nada com o arauto troiano que Aquiles vira pelo menos três vezes antes no acampamento.

– É verdade – Automedonte relata num sussurro. – Há uma carroça cheia de tesouros. Na verdade, senhor – e fala ainda mais baixo –, é uma simples carroça de feno. Este homem é o condutor. Bem estranho, eu diria, e brigalhão. Ele não queria sair de perto das suas mulas.

– Você é Idaeus, o arauto real? – Pergunta Aquiles ao homem. Ele está confuso. Não só pela possibilidade de que aquele homem rude possa ser o arauto de Príamo, mas também por uma situação que já ultrapassou qualquer precedente. O que o surpreende é como ele se sente tranquilo, apesar do alerta de Automedonte.

O carroceiro, que está apavorado, na verdade, por ter sido incluído nessa empreitada e pela escuridão esfumaçada do lugar, e pelo barulho, que é mais parecido com o que uma pessoa poderia esperar encontrar numa taverna do que na tenda de um herói, coça o nariz, num gesto que serve para lhe acalmar, e leva a mão à cabeça. Ele está ganhando tempo. Agora que a pergunta foi feita, assim tão diretamente e com Príamo o olhando, ele não sabe como respondê-la.

– Bem, velho – insiste Aquiles –, você é o famoso Idaeus?

Idaeus?

Não é – claro que não é, ele é Somax. Um simples trabalhador que nesta manhã, assim como em todas as manhãs da sua vida, estava no mercado público esperando para ser contratado quando dois estranhos surgiram, e eram os filhos do rei, príncipes troianos. Um deles parou e, com um aceno em sua direção, puxou o outro pela manga, atraído instantaneamente, o que acontece com frequência, pela mulinha Beleza – a qual, embora isto seja verdade e relevante, ao menos para ele próprio, não faz a menor ideia da impossibilidade de tudo isso. As palavras para responder estão lá, na sua mente, mas se revirarão e tropeçarão se ele tentar dizê-las. E como explicar, com Príamo ali para ouvir, que este rei que está aos seus cuidados, apesar de toda a sua grave autoridade, é tão ingênuo para as coisas do mundo quanto um bebê recém-nascido, e tão impotente quanto?

O que o carroceiro diz é:

– Com sua permissão, senhor, Idaeus é o nome que me deram. Porque o ajudante do rei é sempre chamado assim. Idaeus. E o... arauto do rei hoje – (ele quase se confundira e dissera "companhia") – sou eu. A carroça e as mulas, senhor, são minhas. O tesouro que eu estava guardando...

Mas ele não sabe o que dizer a respeito do tesouro ou a quem, neste momento, o tesouro pertence.

Felizmente, Príamo percebe a dificuldade do carroceiro e intervém.

– Aquiles, eu chamo este homem de meu arauto porque tradicionalmente tenho um arauto para conduzir minha carruagem, e também, se necessário, para falar em meu nome. Nesta ocasião pretendo falar por mim mesmo, mas esse bom homem me acompanhou para conduzir a carroça com o tesouro que lhe trago. Ele é um carroceiro – não é preciso disfarçar chamando-o de outra coisa além disso. Seria uma grande honra para mim se você não lhe fizesse mais perguntas – e Príamo, tirando os olhos de Aquiles, dirige-se ao carroceiro. – Você me prestou um bom serviço – diz ele ao homem. – Não poderia ter esperado nada melhor. O que quer que aconteça aqui, eu lhe agradeço por isso, e se tudo der certo você será recompensado. Sentirei muito se algo de ruim lhe acontecer por minha causa. Mas, quanto a isso, estamos nas mãos de outra pessoa. Nós dois.

Príamo está profundamente comovido. Assim como seu companheiro, que coça o nariz, mantém os olhos no chão e faz pequenos gestos reprobatórios que sugerem que ele, na verdade, fizera muito pouco.

Aquiles está intrigado com essa interação dos dois velhos, que pertencem a mundos diferentes – a humildade de um, a estranha timidez do outro – e principalmente porque tudo se passou como se fosse uma questão restrita aos dois e que não deveria acontecer ali. Ele talvez se ofendesse com isso, mas, por algum motivo, não se importa. A estranheza da situação, a improbabilidade, afastou-o de si mesmo. Tudo o diverte.

– Alcimo – chama ele –, leve este bom homem para fora e garanta que ele seja alimentado. Deixe também que ele alimente as mulas.

Alcimo dá um passo à frente para acompanhar o carroceiro para fora da tenda e Príamo, sob a influência do que acabara de dizer e diante da quietude com a qual Aquiles recebera suas palavras, sente-se encorajado por um instante a prosseguir.

– Aquiles – começa ele –, eu lhe faço um apelo como pai...

Ele para e Aquiles, que estava preparado para aquilo, ajeita-se para ouvir o que o velho tem a dizer. Mas o que Príamo diz agora o surpreende completamente.

– Você é, eu sei, pai de um filho que não vê há muito tempo. Um menino que cresce na casa do avô, na longínqua Esquiro. Pense no que significaria para você, Aquiles, se fosse esse seu filho deitado lá fora, o corpo sem ser consagrado depois de onze dias e noites ao relento. O corpo de um filho pelo qual você tem o afeto ameno de pai, ao qual você deve honras sagradas que nada, nada neste mundo pode ignorar. Você acha que alguma vez imaginei, quando era jovem como você, com o orgulho e o vigor da minha juventude, que, na velhice, isto me aconteceria? Que eu ficaria aqui, como estou agora, indefeso diante de você e, sem nenhum sinal da minha dignidade real, implorando a você, Aquiles – como um pai, e de um pobre mortal para outro –, que aceite o resgate que lhe trago e me devolva o corpo do meu filho. Não porque esses cálices e outros objetos valiosos sejam o equivalente – e como poderiam ser? –, nem por qualquer valor que você possa lhes dar. E sim porque propiciam a nós dois repetirmos a honra extrema de agir como nossos pais e antepassados têm agido desde sempre, e mostrarmos que somos homens, filhos dos deuses, e não monstros enraivecidos. Eu lhe imploro, não me peça mais nada. Aceite o resgate e me deixe levar o que restou do meu filho. – E o velho desvia o olhar, incapaz de prosseguir.

Aquiles franze a testa, ensimesmado. A evocação que Príamo fizera de Neoptólemo cutucara uma ferida cuja dor ele há muito contornava.

Há nove anos, quando o viu pela última vez, Neoptólemo era uma simples criança, um menino teimoso de sete anos, arrogante e orgulhoso, com cabelos loiros avermelhados e um punhado de sardas no nariz; um menininho endiabrado com uma aspereza e travessura na voz, e uma fronte severa como a de um veterano de quarenta anos, que crianças dessa idade, imitando os mais velhos, às vezes usam, causando um efeito quase cômico.

E agora?

Ele havia tentado imaginar o jovem crescido de dezesseis anos, o corpo forte e cheio de resolução masculina, já ansioso para se autoafirmar, já tentando convencer o avô, Licomedes, a deixá-lo abandonar seus tutores e as práticas da oratória e navegar para Troia e assumir seu lugar finalmente ao lado do pai, como um de seus temerosos mirmidões. Mas, assombrado como está pela afeição antiga, é a criança travessa que lhe vem à mente. Tudo o que Aquiles é capaz de ver quando se lembra daqueles nove anos é o heroizinho de mentira, correndo de um lado para outro na casa do avô, empunhando a espada em miniatura e fazendo carranca, e a sua arrogância de homenzinho.

Mas Príamo se recuperara.

– Aquiles – chama ele, a voz agora mais segura –, você sabe, como eu sei, o que nós, homens, somos. Somos mortais, não deuses. Morremos. A morte é a nossa natureza. Sem esse preço que pagamos adiantado, o mundo não nos é entregue. Essa é a dura troca que a vida negocia conosco – com todos nós, cada um de nós – e a condição que compartilhamos. E por isso, senão por outra razão, é que devemos nos apiedar das perdas uns dos outros. Dos sofrimentos que, cedo ou tarde, atingirão cada um de nós, num mundo no qual entramos apenas como mortais. Pense, Aquiles. Pense em seu filho Neoptólemo. Você não faria por ele o que estou fazendo aqui por Heitor? Seu pai, Peleu, não faria o mesmo por você? Desfaça-se de todos os ornamentos do poder e, sem levar em conta o orgulho ou a distinção do seu posto, faça o que é mais humano – aproxime-se como eu, um homem simples e velho, de cabelos brancos, e implore ao assassino do seu filho, com o pouco de dignidade que lhe resta, que se lembre de sua própria morte, da morte do seu pai, e faça o que é honrado entre pessoas como nós, aceite o resgate que lhe trago e me devolva meu filho.

No silêncio que se seguiu – já que o barulho que seus homens estão fazendo já não lhe chega aos ouvidos –, Aquiles se sente imobilizado e perdido no tempo.

Nessa manhã, na praia que fica além da fileira de embarcações dos aqueus, ele ficara olhando para o outro lado do golfo e sentira que aquele não era o lugar para o qual a sua mente estava sendo atraída, e sim a vastidão do tempo, ao mesmo instante imediata e ilimitada, eterna.

Agora, depois das palavras ditas por Príamo, ele vê atrás do rei de Troia outro velho, mais próximo e ao mesmo tempo distante: seu pai, Peleu, e atrás dele outro, ele mesmo, o velho que jamais será. E é atingido, nos pulmões e em todos os membros, por uma frieza que jamais sentira, nem mesmo nas piores noites de inverno que passara na planície troiana. Costelas de gelo o envolvem num abraço de ferro. É o frio daquela estrela distante que explica a solidão do corpo na morte.

O momento passa, o gelo espesso se rompe. Ao voltar para o calor e o barulho da tenda, seus olhos queimam tanto que Aquiles tem de cobri-los com as mãos. Quando olha novamente, lá está, em meio a tudo ele vê – o velho Príamo diante dele, a horda na mesa improvisada sobre cavaletes – um brilho avermelhado, como se seus olhos fossem atingidos por sangue. Uma bola de fogo vem zunindo pelo ar, um agente feroz e destrutivo tanto quanto todos esses nove anos de matança já testemunharam. Príamo, ao evocar a própria morte, depositara no meio deles o temeroso instrumento da sua existência. Aquiles sente o hálito de uma espada quente no ar. Vê, como se por meio de uma abertura momentânea para a eternidade, o velho Príamo se esparramando. Ouve a Fúria armada, com um olhar de fogo sobre o seu ombro, gritar no escuro.

– Aqui, pai! Aqui, Aquiles! Você foi vingado.

Aquiles senta-se com a alma exausta. É seu filho, Neoptólemo.

O que ele testemunhara, na iluminação do instante em que Príamo o chamou a agir, é um tempo por vir, o fim das coisas nos dias que se seguem à sua própria morte.

Príamo, motivado pelo olhar de revelação aniquiladora que atingira o homem, ajoelha-se, finalmente, e segura as mãos de Aquiles. Não em súplica, como ele pretendia, e sim como uma demonstração de amizade.

Assim, a cena é finalmente encenada.

Mas Aquiles se equivoca e interpreta o gesto como mais um pedido de súplica. Com um olhar horrorizado, ele recua e empurra bruscamente o velho.

– Não – grita ele –, chega! – e sua voz é áspera, cheia de angústia. – Não fale mais nada. Você terá aquilo que veio buscar.

Ele ignora o choro do velho e rejeita a tentação de ajudá-lo a se levantar.

– Chega! Por favor! Quando o corpo de Heitor for lavado e preparado, comeremos algo juntos e você poderá descansar. Até lá, meus servos o acompanharão. – E Aquiles oferece ao homem, que de repente parece fraco demais para se levantar sem ajuda, a mão.

Assim, Aquiles, como fizera todas as manhãs nos últimos onze dias, vai para onde o corpo de Heitor se encontra jogado no chão.

Automedonte, com uma tocha na mão, acompanha Aquiles. Um cavalariço os segue com um banco dobrável sob o braço e um cajado com suporte de ferro.

São onze horas da noite. Uma brisa limpara o céu das nuvens e as estrelas, algumas enormes e únicas, outras agrupadas ou em constelações, pairam tão baixo que Aquiles acredita sentir o cheiro delas; o ar ali fora é fresco e limpo depois do tempo que passaram em meio à fumaça na tenda.

Automedonte fixa a tocha ao suporte de ferro. O cavalariço abre o banco, fixa-lhe as pernas na terra fofa e avalia o equilíbrio. Aquiles faz um sinal afirmativo. Automedonte e o cavalariço já podem sair. Ele quer ficar sozinho. Mas Automedonte, que é um guerreiro, hesita.

– Não – diz Aquiles. – Vá agora. Eu o chamarei quando precisar.

Automedonte não pode fazer outra coisa senão obedecer.

Aquiles, finalmente a sós com seus pensamentos, cobre-se com o manto e se senta.

A seus pés, o corpo do inimigo morto. Ele brilha com a luz de outra estrela, um brilho metálico. Exceto pelo ferimento na garganta, por onde sua espada penetrou, ele não tem marcas. O ferimento está aberto, como se tivesse sido feito há pouco tempo. Depois de onze dias ao sol, o corpo não apresenta nem a descoloração nem o cheiro da putrefação.

Aquiles se senta e o contempla: a fronte reluzente, o queixo reto, o rosto um pouco magro. Sobre o lábio superior e no queixo, apenas uma sombra de barba.

Todas as manhãs, quando se dirige para confrontar-se com o corpo do inimigo, é isso o que encontra, essa figura do que poderia ser uma pessoa dormindo, reta e imóvel na perfeição nua da sua masculinidade, disposta como um desafio para ele, um desafio enviado pelos deuses, para o afligir – o corpo do assassino do seu amigo – com a degradação selvagem que seu orgulho, sua dor e seu próprio senso de importância exigem, e de que o espírito de Pátroclo, se o amor é uma prova, deve ser testemunha. E todas as manhãs, quando ele descobre novamente que os deuses o desafiaram, sua loucura se renova. A fúria ultrajada lateja em suas veias.

E agora?

Inclinando-se para a frente, ele novamente examina o inimigo. Faz uma cara feia. Ergue a fronte para o céu limpo na noite. Respira fundo o ar fresco.

Algo nele se libertou e se afastou. Uma necessidade, uma obrigação. Tudo ao seu redor mudou subitamente. O corpo aos seus pés, na retidão da sua calma imperturbável, o próprio corpo, que fica tenso conforme ele se inclina para a frente, também calmo. Uma espécie de emoção purificadora o inundou (quando? – depois que Príamo apareceu diante dele como a imagem do seu pai?) e limpou seu coração do veneno que impedia e inchava a própria pulsação, de modo que, para onde quer que ele virasse o olhar, tudo parecia nebuloso e escuro.

Aquiles reflete sobre o corpo de Heitor agora, e, na perfeição de seus membros, o esplendor do guerreiro que lhe rendeu uma morte honorável já não é uma afronta.

O afeto dos deuses por um homem cujo fim fazia parte justamente do que ele tinha de realizar em vida é agora aceito por Aquiles como uma honra também para si mesmo. E isto, ele vê, é como deveria ter sido desde o início; e esta é a primeira e não a décima segunda noite.

O que Aquiles sente em si mesmo é uma organização perfeita do corpo, coração, da situação; é a encenação sob as estrelas, em cada respirar dos deuses, do verdadeiro Aquiles, aquele que viajou tanto para encontrar.

Ele se senta silenciosamente, contemplativo.

A luz da tocha lança um brilho trêmulo para o alto, criando o efeito, no escuro, de uma caverna cujo teto é também a parte mais alta do seu próprio crânio. A seus pés, o cadáver cujo silêncio ele pode agora aceitar como um espelho do seu próprio silêncio. Assim, por todo o tempo em que fica ali sentado, não há conflito entre eles. Ao contrário, os dois estão perfeitamente de acordo. O papel deles na grande guerra acabou.

Assim permanece Aquiles. Então, com um último olhar, ele se levanta e grita para o escuro, onde Automedonte, perto dali, ficou o tempo todo esperando e observando.

Dois cavalariços carregam o corpo de Heitor pendurado num lençol limpo para a tenda de lavagem de teto baixo. Aquiles, inclinando-se, observa enquanto eles deitam o fardo numa bancada limpa e, de cabeça baixa, saem pela porta.

O vapor do caldeirão preenche o ar com um cheiro marcante de madeira queimada. Num banco junto à parede de trabalho, um vaso com óleo, uma tigela com ervas. Ao lado, dobrado com cuidado, um pedaço de linho no qual, depois de ter sido lavado e untado, o corpo de Heitor será envolvido.

As mulheres que foram despertadas e chamadas para fazer tudo isso, com mantos pretos e rostos amplos, trabalham nas sombras. A presa de Aquiles as deixa desconfortáveis. Seu trabalho aqui é uma tarefa de mulheres bastante comum, elas o fazem diariamente, mas não diante dos homens. Esperam que Aquiles saia antes que comecem.

Mas Aquiles, que nunca antes estivera naquela tenda e que nunca, até então, considerara a sua existência, está intrigado. Depois de acompanhar o corpo de Heitor tão longe, está curioso para ver o processo seguinte da sua passagem extinção adentro: o trabalho, humilde, mas necessário, da sua última interação com o mundo nas mãos das mulheres.

E o lugar propriamente, agora que Aquiles o descobriu, emociona-o de uma maneira que ele não consegue entender. Há algo aqui, alguma coisa sobre a atmosfera desse lugar, o cheiro doce e úmido dos tecidos lavados, que ele em parte reconhece e recorda. Um lugar no palácio do seu pai para onde Aquiles foi levado algumas vezes nos braços de uma aia, cuja pele, de perto, era enrugada como a dessas lavadeiras e cujo cabelo úmido ele pode sentir no rosto. De repente, Aquiles está lá novamente – aquele cheiro de ervas secas misturadas com lixívia; ela veio pegar um lençol para o seu cochilo da tarde.

Este é o primeiro mundo que adentrou, pensa Aquiles agora, este mundo de caldeirões de água fervente e jarros de óleos e linho ou lã recém-lavados. E o último lugar pelo qual passamos antes que nosso corpo seja dispensado. Reflexões nada heroicas.

Um pouco inclinado e ainda protegido por seu manto, Aquiles permanece de pé, incomodado e deslocado, ao lado da porta.

O corpo de Heitor, agora nu, mas com uma tira de pano disposta sobre as coxas – um gesto de pudor da parte de um dos cavalariços –, repousa estendido e aguardando, a pele rosada pela luz das tochas, os pés virados um pouco para fora. Atraído mais uma vez pela abstração profunda da sua calma mortal, da qual ele próprio, Aquiles, se alimenta, ele não pretende sair.

Mas a vontade das mulheres é mais persuasiva do que a sua. Este mundo é delas. Enquanto ele permanecer ali observando, elas não começarão o trabalho. Aquiles se vira, abaixa a cabeça para passar pela porta e sai novamente para o pátio.

A luz das estrelas, sombras, a imagem de jovens homens, seus mirmidões em guarda. O metal de suas espadas brilhando enquanto eles se movem entre as fogueiras. Corpos robustos, tensos, prontos para serem usados. Ali, e por algum tempo ainda, Aquiles é um deles; o ar frio lhe lembra de quão presente e aquecido ele está, protegido pelo seu invólucro de músculos.

Por enquanto.

Até que também ele, como Heitor, esteja ali. Nu como nasceu. Virado de um lado para o outro pelas mãos das mulheres.

Amanhece. Uma geada fina recobre o solo. No pórtico da tenda de Aquiles, onde lhe fizeram uma cama com pedaços de pano cobertos com um lençol de linho, Príamo ainda dorme, rígido e reto, sob dois cobertores de lã que deixam apenas sua cabeça de fora. Aquiles, observando, emociona-se com a dignidade do velho, mesmo no sono, e seus pensamentos voam novamente para Ftia e para seu pai Peleu. O queixo surge logo acima da borda do cobertor, que é lilás, bordada com fios de ouro. À medida que ele expira, os lábios soltam o ar com um barulho, soprando as franjas, que se assentam quando inspira.

– Príamo, Príamo – Aquiles se abaixa em direção ao rosto que dorme. – Está na hora.

Os olhos se abrem e, por um instante, há pânico em seu olhar. A boca se abre, o rosto se encolhe. Então o velho se lembra de onde está, de como chegou ali e por que o grande Aquiles, já vestido e armado, está a seu lado na cama.

– Lá tem água quente – diz Aquiles.

Dois servos, um com um jarro e outro com uma tigela e um pano, estão de pé ali perto, sob a luz fraca da cobertura do pórtico. O mais jovem deles boceja e olha rapidamente para ver se Aquiles notara o gesto. O outro faz um som de desaprovação autoindulgente.

Por algum motivo, a troca de olhares dos dois servos, percebida pelo recém-descoberto olhar de Príamo para acontecimentos irrelevantes como esse, tem um efeito animador e o traz de volta ao mundo com uma sensação renovada de como ele, o mundo, está cheio de coisas estranhas e interessantes e problemas a resolver e coisas a fazer. Ele se livra dos cobertores e, um pouco desequilibrado enquanto joga as pernas para fora da cama improvisada, lentamente se põe de pé e fica de olhos fechados, esperando que a dor no quadril diminua.

Aquiles está novamente impressionado com os ossos compridos do homem e o que resta nele de uma força autoritária, enquanto, com muita elegância, mas não sem um pouco de afobação, ele mantém as mãos sobre o vaso enquanto Alcimo derrama vigorosamente água sobre a sua cabeça, o tempo todo exprimindo sons abafados de um esforço prazeroso. Então Príamo aceita a toalha que lhe é oferecida e fica em silêncio, a toalha numa das mãos, a fronte pingando.

O que impressiona Príamo é a estranheza do momento.

A hora do lobo, bem no meio do acampamento dos aqueus.

Ao longe, um som de coisas batendo: os mastros das embarcações gregas, em meio à neblina, que rangem lá onde estão reunidas em esquadrões ao longo do litoral.

Esses servos estranhos com o vaso, a tigela, a toalha. E o assassino do seu filho, o temeroso Aquiles, de pé usando um manto e observando, enquanto Príamo, que mal consegue abrir os olhos de sono, seca os dedos da água que lhe foi jogada sobre a cabeça e que esfria rapidamente ao pingar e escurecer as tábuas do pórtico.

Tudo isso tem um quê de sonho, como se só na fantasia esses acontecimentos e objetos parecessem ao mesmo tempo intrigantes e surpreendentemente comuns.

Mas não é um sonho. A dor nos seus velhos ossos lhe diz isso e a presença que o observa a poucos metros: os olhos animalescos no rosto frondoso; a mão de dedos grossos e nodosos que, mesmo em repouso agora no cabo da espada, demonstra um terrível potencial.

O que o intriga é o desejo que sente – curiosidade, outra vez, esse impulso novo dentro dele – de saber mais sobre o que está oculto e o que é mentira neste que é o mais ousado, feroz e imprevisível dos gregos. Talvez isso lhe seja útil mais tarde. Como um meio de salvá-los – Hécuba, ele próprio, seu povo – do que, de outro modo, com certeza acontecerá?

É à luz desse *outro modo* que ele se impõe com sua fronte pingando, enquanto Aquiles, também intrigado, o encara.

No jantar que tiveram, Príamo fora tratado com extrema cortesia. Aquiles saíra para escolher um porco de bom tamanho e, quando ele foi trazido e colocado sobre a bancada, o próprio Aquiles, em honra a seu convidado real, tirou o lombo e outras partes, deitou-lhes sal e os pôs em espetos para assar.

Na mesinha na tenda vazia – porque os mirmidões foram dispensados –, com Automedonte e Alcimo para lhes trazer os pratos e o vinho, eles em pouco tempo acertaram os termos da trégua.

Nove dias para os troianos completarem a jornada em meio às florestas até o monte Ida e montarem a pira funerária de Heitor. Na cidade, nove dias de luto cerimonial. No décimo dia, a cremação do corpo de Heitor. No décimo primeiro, a construção da sua sepultura. No décimo segundo dia, a guerra recomeçará.

Mas foram os onze dias de paz que Príamo sentiu pairar ao redor deles enquanto mergulhavam as mãos nos pratos e conversavam tranquilamente.

Dias de dor, mas também de um intervalo no conflito, no horror da batalha. Um tempo para viver.

Aos poucos, enquanto comiam juntos, Príamo e Aquiles descobriram uma espécie de intimidade; temerosa, a princípio, mas também respeitosa e por fim bastante simples, mesmo que Príamo tivesse de continuar se lembrando o tempo todo de quem era aquela pessoa com a qual ele repartia o pão e quem estava lá, envolto numa mortalha e aguardando para ser devolvido.

Ele comera pouco, mas por respeito pegara um pouco de cada prato.

Aquiles, estimulado por Automedonte, comeu com vontade, os dedos das mãos enormes pingando com os sumos da carne, e por um instante, enquanto a boca forte do grego trabalhava, Príamo vira com clareza toda a maquinaria terrível que compunha o homem, ainda que só falassem de paz.

Agora, sentindo-se renovado pelo sono e pela água que derramou na cabeça, Príamo se vira e os dois saem juntos para o pátio.

A carroça já está preparada e aguardando, o condutor ao lado dela, as duas mulas em silêncio nos arreios. A menor, Príamo gosta de ver, já o conhece e, quando ele a acaricia no alto da cabeça, coça sua orelha com a manga da túnica. Na parte de trás da carroça, sob uma mortalha exuberante, o corpo do filho.

Príamo passa por ele, permitindo-se praticar um estoicismo que por anos, por toda uma vida de rigorosa disciplina, propicia-lhe ocultar dos invasores o que sente. O rei estende a mão ao bom Idaeus para que o ajude a subir. Surpreso, novamente, pela rapidez com que aprendeu a se sentir bem e acostumado àquele homem simples. A mão calejada do carroceiro presa à sua, as duas mulas já prontas para partir, começando a se impacientar e arrastando as patas no chão coberto pela geada. Até mesmo o banco desconfortável, duro demais para os ossos de um velho, é um consolo.

Aquiles e seus dois arautos, caminhando em grupo ao lado da carroça, acompanham os dois até o portão. Agrupamentos de guardas, recém-acordados, andam de um lado para outro em meio às fogueiras, olhando intrigados enquanto a carroça, com sua escolta, passa por eles e para antes de atravessar o portão. Aquiles, ao lado de Príamo, pousa a mão por um instante no apoio do abrigo.

– Chame por mim, Príamo – diz ele brandamente –, quando as paredes de Troia estiverem caindo ao seu redor, e eu o ajudarei.

É o momento de partirem.

Príamo fica em silêncio, e a crueldade da resposta que lhe vem aos lábios o surpreende:

– E se, quando eu chamar, você já estiver entre os mortos?

Aquiles sente um calafrio passar por seu corpo. Está frio ali fora.

– Nesse caso, pior para você, Príamo, porque não irei lhe ajudar.

Aquiles sabe que isso é uma piada que os deuses adoram, uma piada de humor negro. Sorrindo no conhecimento prévio do que ambos já viram, ele ergue a mão e, com uma palavra do carroceiro, o veículo sai do acampamento grego.

V

O sol já está no alto e começa a queimar o solo recoberto pela geada quando eles deixam a muralha de proteção para trás. Passarinhos gorjeiam em meio à neblina, que, de tão baixa, parece aos viajantes estarem atravessando um lago prolongado, sem que em nenhuma direção se possa ver a margem. O carroceiro se inclina para ver a trilha. Falando mansamente com as mulas, ele as vira para um lado e para outro quando as patas saem da estrada.

De ambos os lados da passagem, os túmulos dos mortos. Seres fantasmagóricos se materializavam por um instante entre eles, depois desapareciam. Velhos e criancinhas já estão acordados e reunindo gravetos, que juntam aos montes em carrinhos de mão ou acumulam às costas em pilhas altas. As mulheres procuram relíquias das batalhas – um alfinete de prata, o fecho de uma armadura para as pernas. Toda essa parte da planície foi cenário, em algum momento, de conflitos menores ou grandes batalhas nas quais centenas de homens morreram.

As mulheres andam abaixadas, as mãos remexendo nos torrões de terra, quebrando-os com dedos hábeis. Absorvidas demais no trabalho para se importarem com uma carroça que sacoleja em meio à neblina e passa por elas.

Mais tarde, com a neblina diminuindo de intensidade e o sol aquecendo-lhes as costas, eles passam pelas ruínas de um vilarejo – os troncos queimados dos olivais e uma dezena de casinholas pretejadas pela fumaça e sem teto. Meia dúzia de crianças em trapos, de olhos grandes e barriga inchada, saem para vê-los. Uma dessas, menina de três ou quatro anos, estende a mão como se pedindo esmola, mas não faz esforço para chegar mais perto.

Continuam em silêncio, lentamente, até que o sol esteja bem alto no horizonte e eles já afastados o suficiente do acampamento grego e de todos os seus postos avançados.

Então: – Aqui – diz Príamo, baixinho. – Pare aqui.

Não estão em lugar nenhum, pelo que o carroceiro pode ver – numa região desolada e seca de capim e arbustos altos de malva –, mas ele puxa as cordas, grita para as mulas e param.

Príamo, recusando ajuda, desce da carroça, dá a volta no veículo e, finalmente, ergue a mortalha que cobre o rosto do filho.

O carroceiro continua sentado. Remexendo com as cordas nas mãos, olha fixamente à frente.

Ao longe, as colinas perto de Troia apenas começam a criar sombras em suas encostas; os picos já estão banhados pelo dourado do sol. Atrás dele, o carroceiro ouve os barulhinhos que Príamo faz. São sons sem palavras, mas ele entende bem o que significam. Seus pensamentos voam para a longa noite que passou, ele e a mãe do menino, quando trouxeram o filho mais velho para casa e eles se sentaram juntos à luz tremeluzente do lampião, cada um de um lado de um corpo sem vida. Sem dizer nada, mas não em silêncio.

Ele funga, coça o nariz com as costas da mão e puxa um pouquinho a corda do arreio esquerdo, para que Beleza vire a cabeça e lhe permita ver seus olhos redondos, com um brancor claro e luminoso.

A aventura deles está quase no fim. A qualquer momento, diz o carroceiro para si mesmo, voltarei para a minha antiga vida. E, pensa ele num arroubo de alegria, para a menininha sua neta, agora totalmente recuperada; como ela virá correndo com suas perninhas gordas para encontrá-lo quando ele der a volta no rochedo na base da colina e começar a subida lenta até o vilarejo. Em algum lugar no meio do caminho ele precisa encontrar algo para lhe dar. Então, amanhã, ele vai como sempre levar sua carroça e suas mulas e esperar que o contratem no mercado.

Atrás dele, Príamo fica em silêncio. Depois de algum tempo ele dá a volta e, sem dizer uma palavra, estende a mão para que o carroceiro o ajude a subir.

Eles continuam. Não se diz nada. O sol fica mais quente. O cheiro úmido da terra lhes chega ao nariz.

Depois desse seu momento de confusão, Príamo se acalma. O ar está limpo e claro. A carroça prossegue a uma boa velocidade agora, mais leve do que na jornada até o acampamento grego. Esta é a vitória.

Claro que é apenas uma vitória temporária; não se deve confiar nos deuses quando eles fazem a balança pender momentaneamente a seu favor. Que tipo de vitória é esta, de trazer para casa o corpo de um filho morto? Mas ele fez algo pelo que será lembrado para sempre. Ele entrou num mundo que até então era inabitado e descobriu uma maneira de preenchê-lo. Não como ele preenche seu próprio espaço como rei, já que tudo o que ele tem de fazer nesse caso é seguir a tradição, colocar os braços dentro das mangas de um traje vazio e se manter ereto, e sim como alguém para quem cada gesto ainda tinha de ser entendido, cada palavra, redescoberta, sem falar na convicção necessária para que tudo chegasse ao fim desejado. Ele fez isso e voltou para casa, mesmo nos últimos dias de sua vida, como um novo homem.

Olhe, ele quer gritar, ainda estou aqui, mas *eu* estou diferente. Vim como um homem sofrido, trazendo o corpo do meu filho para o funeral, mas também vim como herói de um feito que até hoje nunca havia sido tentado.

Ele não pensa nisso como um início; nem como algo grandioso. Como poderia ser? O que está à sua frente é contexto da trégua, um tempo para se voltar à vida comum, um dia depois do outro. Nada além disso é garantido. Mas, com seu humor atual, isso lhe basta.

Eles chegam novamente à ravina que desce, em meio a plátanos e carvalhos, ao vau com seus dois canais, um leitoso e o outro fluindo transparente sobre pedras ensolaradas; entre os canais, os bancos de areia com seus arbustos floridos.

Eles entram no rio e o condutor desce para puxar suas mulas pela corrente que lhe bate na cintura, depois pelo leito de pedregulhos e pela areia do banco no meio do caminho. De volta à carroça, ele as conduz com facilidade pela segunda parte do rio, onde a correnteza é mais forte, mas nem sequer lhes chega aos tornozelos. Depois, sobem tranquilamente pelo barranco na outra margem.

O pomar de tamargueiras se estende e tremula, mas eles não param ali e não encontram nenhum deus esperando à sombra. Estão voltando para casa. Não precisam, agora, de um guia ou de salvo-conduto.

Mas é com afeto que Príamo pensa na experiência anterior. Pensa na água e em como ela resfriara seus pés quando ele se sentou com o manto recolhido ao colo, deixando-os imersos. E nos peixinhos. E em como era bom o sabor das panquecas e na jovem que as fizera – bem favorecida, ele jurava pelos deuses, mesmo que ela fosse manca. Todo esse acalanto em suas lembranças quando, em algum momento, ele evocou a sua infância, com uma vida inteira entre esta e a velhice, ainda que, na verdade, tudo tenha acontecido havia apenas algumas horas.

Eles estão quase em casa agora. À medida que emergem da vegetação que marca o curso do rio, Troia, com suas muralhas – ao longe, mas não tão longe –, está invisível sobre o penhasco. Pequenas sombras, andorinhas, voam em círculos sobre as torres e em círculos ainda maiores sobre a cidade, pairando no céu azul.

Avançando em direção a Troia, à terra que palpita e se anuncia no horizonte, as rodas da carroça rangem e os cascos das mulas batem em sincronia na estrada, que agora se tornou um acesso pavimentado. Príamo pensa em como aquelas muralhas, na época do rei Laomedonte, seu pai, foram erguidas facilmente com a ajuda de um deus, e ante a proximidade, neste instante em que avançam com extremo bem-estar, sente que ele também é divinamente guiado como que por música.

Em sua tenda, Aquiles recebe a visita de uma leveza que é ao mesmo tempo nova e antiga. A ação corporal, a dança do sangue no exercício das mãos, pés, olhos, parece novamente o exercício do espírito nele. Seus calcanhares brilham. Sua espada, quando ele a ergue, é metal das profundezas da terra, feita com fogo sólido. No calor instantâneo e na energia que o preenche, o fim, que está muito próximo agora, parece ter sido milagrosamente suspenso.

Mas não.

O menino Neoptólemo já não está na casa do avô em Esquiro, sendo mimado pelas mulheres. O vingador de cabelos bronzeados da morte do pai, já possuído pela luz feroz do futuro, está no mar e se aproxima rapidamente de Troia.

Filho do tempo, ele já sabe que os últimos dias desta história lhe pertencem. Ele não pode esperar para entrar correndo pelos portões e correr pela colmeia, pelo labirinto dos cem aposentos do palácio de Príamo, para onde o velho, de pé, entorpecido ao lado do altar, lança um olhar de concordância para ele. O restante é abrupto e sangrento, mas se revela com a simplicidade de um sonho – é assim que o jovem herói vê a batalha e vê a vida ao longo dos seus dias de treinamento, em fantasias infantis. Mas o momento, quando chega, não é nada parecido com aquilo.

Príamo sai correndo, com seu manto esvoaçante, e cai espalhado no chão do palácio. Ele percebe um olhar apavorante atrás de si enquanto o menino furioso se aproxima, irado, seu corpo um forno exalando calor, a boca aberta, gritando. O que a boca diz é o fim imediato.

O jovem mal consegue se manter de pé, já embriagado pela selvageria, e um medo avassalador o acomete, o medo de que, no entusiasmo do momento, ele possa acordar deste sonho de fúria.

– Pai – sua alma sussurra para um ser do qual ele mal se lembra. Ser filho de Aquiles é um fardo.

Todo descarnado e reduzido a ossos, o velho, sobre o qual ele se lançara feito um cão que precisa ser morto e se recusa a se aquietar, levanta-se um pouco e luta. Ele rola para o lado, resistindo à espada, e o menino, apesar de sua presteza e poder, da dureza e agilidade da juventude, urra com o esforço e perde o fôlego. Seu coração bate rápido. As mãos estão empapadas de suor.

Caído numa posição estranha, ele grita como uma criança frustrada – isto é ridículo! – e puxa a cabeça para trás com o braço, com força, a mão direita golpeando a cartilagem. Ele repete o grito e golpeia, golpeia. O sangue quente transborda sobre seu pulso.

– Pai – sussurra ele novamente e, para seu horror – ele sente os pelos da nuca se eriçarem –, o velho que ele está segurando pelo peito, como se surgido de outro momento ou outra vida ou história, vira-se para ele com um sorriso distante e medonho; então, com um último espasmo e um suspiro horrível e vazio, rende-se, e o ar se enche com o fedor de merda.

Ainda ofegante, o menino se senta. Afasta o velho dele. Olha temeroso em volta. Ao menos não há ninguém aqui para ver isto. Para ver como ele estragou as coisas. Ainda atordoado, o coração batendo forte, ele lentamente se levanta.

O chão a seu redor e sob seus pés está escorregadio por causa do sangue. Ele fica ereto, os ombros caídos, as mãos pesadas e grossas na extremidade dos pulsos. O arroubo de entusiasmo que o havia assomado passou. Numa reviravolta súbita, é substituído pela decepção excruciante; infelicidade, tristeza animalesca, desânimo. Nada aqui acontecera tranquilamente ou como ele havia desejado. Tudo errado! Tudo confuso e uma bagunça infantil. A cabeça baixa:

– Perdoe-me, pai – ele sussurra. Lágrimas quentes lhe escorrem pelo rosto.

E, para ele, a tristeza desse momento durará sempre; é um fato difícil com o qual terá de conviver. Por mais que a história seja contada e recontada, a vergonha crua desse acontecimento o acompanhará até o seu último suspiro. Mas ainda não havia chegado essa hora. Com o sangue ainda quente e endurecendo no pulso, Príamo ergue um braço e aponta para as muralhas da cidade e para uma pessoa que se impõe, minúscula e enfática, na contraluz.

– Lá – diz ele ao carroceiro. – Você a vê?

O condutor faz que sim, mas está perdido em suas próprias preocupações.

Ele precisa encontrar alguma coisa no mercado para a sua pequenininha. Um par de brincos, talvez, ou uma carrocinha de criança como a sua – ela vai gostar disso – com a qual rodará para cima e para baixo no chão da sua casa. E também alguma coisa para a nora – mais difícil –, para celebrar seu retorno e marcar este dia e noite que acabaram de passar e foram extraordinários e que ele deve a sua mula Beleza. Ele vai também encontrar alguma coisa para Beleza e Coice – esta não pode fazer nada, coitada, por ser desinteressante e não ter nenhum encanto especial.

Com a consciência pesada pela ingratidão desse pensamento, ele se inclina e acaricia a orelha da mula com as cordas; então, para que Beleza não fique com ciúme, também acaricia suas orelhas.

E quanto a tudo o que aconteceu nas últimas horas, que história ele terá para contar! Ele a contará várias vezes nos próximos anos.

Nos primeiros dias, enquanto Troia se mantém sólida e reluzente sobre a colina, os personagens que ele mencionará, Príamo, Hécuba, Aquiles, estarão dividindo o mundo com os ouvintes das histórias, serão criaturas iguais a eles, de carne e osso. Mais tarde – quando Troia se transformar em apenas outra colina estéril e varrida pelos ventos, com suas torres reduzidas a ruínas, seus cidadãos dispersos ou levados para longe, como Hécuba ou a esposa de Heitor, Andrômaca, e Cassandra e outras mulheres troianas, exiladas ou transformadas em escravas –, tudo o que ele terá para contar, tudo o que já foi real como a coceira que sente sob a túnica e o piolho que esmaga com as unhas, tudo se terá tornado matéria de lendas, em parte folclore, em parte tagarelices de um velho.

Até mesmo a lembrança do que já foi um dia vai se esvanecer na mente de uma geração que, por toda a vida, não conhecerá nada além do caos e da barbárie. Estradas intransitáveis ou controladas por déspotas cruéis, que exigem pedágio a cada passagem, ou andarilhos propensos ao roubo ou a coisas piores. Nenhum vilarejo, por mais murado, estará seguro das hordas de saqueadores que, assim que a neve começa a derreter, surgem das passagens nas montanhas para assaltar camponeses pelo que restou da colheita, para queimar celeiros, roubar mulheres e animais e sequestrar crianças como recrutas para um novo império de fogo e pilhagens.

Tantas histórias!

O carroceiro as conta a toda pessoa que com ele compartilhe uma bebida. Nas noites de verão, sob um enorme plátano desfigurado à porta da taverna, balançando a cabeça às vezes no meio das frases para que seus ouvintes parem de rir ou de menear a cabeça. Ou à luz de um único lampião e com uma criança ao colo – um de seus vários netos –, nas longas noites em que toda a vila estiver reunida contra os invasores atrás das portas de um celeiro ou estábulo fortificado.

Aqueles que se sentam, atentos como crianças, e se entregam a essas velhas histórias as terão ouvido centenas de vezes e conhecerão todos os detalhes e reviravoltas improváveis.

O encontro no pomar com o garoto arrogante que era, na verdade, o deus Hermes disfarçado de guerreiro aqueu: um jovem afetado, com tranças douradas e um perfume – foi isso que o denunciou – de cravos.

Como, num lugar tranquilo atrás do mesmo pomar, ele conseguiu, sem muita dificuldade, convencer o velho rei Príamo, que nunca ouvira falar de uma coisa assim, a resfriar os pés nas águas correntes do rio e experimentar uma panqueca preparada por sua nora, que se havia tornado uma espécie de especialista nisso.

Como ele passara a noite no pátio ao lado da tenda de Aquiles, no acampamento grego, e recebera pedaços de carne para comer, carne que o próprio Aquiles havia cortado e assado. Com temperos e o melhor pão de trigo para mergulhar na gordura. E como ele havia dormido confortavelmente depois sob um cobertor de lã que lhe foi entregue por um dos servos do grande Aquiles.

Seus ouvintes não acreditariam nele, claro. Ele é conhecido por suas mentiras. Ele tem cem anos e bebe demais.

O que o carroceiro tem para contar realmente aconteceu – ou pelo menos é o que dizem –, mas a outra pessoa. Idaeus, chamava-se o homem, o arauto do rei Príamo. É possível que um personagem desses, o arauto real, tivesse panquecas em sua bagagem? Por acaso grandes reis mergulham os pés em rios de águas geladas?

Esse velho, como a maioria dos contadores de histórias, rouba histórias de outros homens, da vida de outros homens. A sua própria vida, ele a passara como um simples trabalhador. Ele é, e todos sabem disso, um carroceiro que há muito tempo, quando houve uma cidade ali perto, saía todas as manhãs oferecendo-se para trabalhar no mercado público, levando itens de uma casa para outra, e feno e pedras e lenha para as vilas nas proximidades. A coisa mais notável sobre ele era o fato de possuir uma mula preta que é lembrada nesta parte do país e da qual ainda muito se fala. Uma criatura encantadora, de olhos grandes e mansos, a mula tem o nome de Beleza – ao que parece, um nome também muito apropriado, o que nem sempre é o caso.

POSFÁCIO

Uma nota sobre as fontes

Numa tarde chuvosa de sexta-feira, em 1943, quando estávamos impossibilitados de sair para o parque, para o nosso período costumeiro de brincadeiras, nossa professora da escola primária, senhorita Finlay, leu-nos uma história. Era a história de Troia. Por algum motivo, ainda que eu fosse um leitor ávido, nunca tinha ouvido aquela história e, quando o sinal tocou e a senhorita Finlay nos dispensou com a história ainda por terminar, fiquei devastado.

Também estávamos no meio de uma guerra. Brisbane, onde eu vivia, era a sede da campanha do Pacífico do general MacArthur e o ponto de partida para centenas de milhares de americanos e outras tropas a caminho do norte. Os prédios da cidade estavam cercados por sacos de areia, as janelas, marcadas com cruzes de fita adesiva, contra a possibilidade de se estilhaçarem sob um ataque aéreo. Imediatamente fiz uma ligação da guerra fictícia e antiga contada pela senhorita Finlay com a guerra que vivíamos. Também estávamos vivendo em meio a um conflito em curso. Quem poderia saber, em 1943, quando essa guerra terminaria?

Trinta anos depois, num poema chamado "Episode from an Early War" [Episódio de uma Guerra Antiga], ainda assombrado pelos personagens da história da senhorita Finlay, tentei reunir as duas partes da minha experiência:

> Às vezes, olhando o passado, descubro-me, um leitor
> de nove anos, ainda olhando para baixo,
> através do vidro marcado com cruz e à prova
> de ataques da minha escola primária no subúrbio.
> Pedregulhos azuis
> ondulam em minha mente, pulsações escolares.
> E todos que brincavam de jogos de guerra
> violentos param, olhando surpresos:
> Heitor, herói de Troia,
> ensanguentado e descarnado, é arrastado pelo cenário

sujo e sobre ele urinam,
enquanto mirmidões de moscas negras cobrem seus ferimentos e os homens angelicais,
mestres da mutilação, afastam-se e assistem.

Passados mais trinta anos, *O coração dos heróis* é um retorno àquela história incompleta; para minha surpresa, a primeira vez em 1943 e depois em 1972,

... a guerra, nossa guerra,
era real: estradas de cinzas
onde milhões fantasmagoricamente tiram os sapatos e seguem, descalços,
para lugar nenhum...

Ela entra novamente no mundo da *Ilíada* para recontar a história de Aquiles, Pátroclo e Heitor e, numa versão diferente da original, a história da jornada de Príamo ao acampamento grego. Mas o principal é a própria narrativa – porque histórias são contadas e porque precisamos ouvi-las, mudando as histórias à medida que são contadas – e muito do que ela tem para apresentar são "histórias não narradas", descobertas apenas às margens de textos antigos.

A história de como Pátroclo se tornou amigo e companheiro de Aquiles ocupa apenas meia dúzia de linhas na *Ilíada*; os fatos referentes à maneira como o sobrevivente de uma guerra, Podarge, veio a se tornar Príamo ("o resgatado" ou "o comprado"), rei de Troia, são também uma passagem breve, mencionada na narrativa dos feitos de Hércules em *A biblioteca*, uma história da mitologia às vezes atribuída equivocadamente, ao que parece, a Apolodoro (nascido em *c.* 180 d.C.). Como um simples carroceiro, Somax, tornou-se por um dia o arauto troiano Idaeus e companheiro de Príamo na sua jornada ao acampamento grego, vê-se pela primeira vez nas páginas deste livro.

Agradeço a Alison Samuel, da Chatto & Windus, de Londres, a Meredith Curnow e Julian Welch, da Knopf, de Sydney, e mais uma vez a Chris Edwards, cujo estímulo e olho e ouvido apurados foram essenciais para *O coração dos heróis* desde o seu primeiro rascunho.

Este livro foi composto em Adobe Garamond
para Texto Editores Ltda.
em setembro/2011